藍天俠傳

남천협전

FANTASTIC ORIENTAL HEROES

조종호 新무협 판타지 소설

남천협전 5

조종호 新무협 판타지 소설

초판 1쇄 찍은 날 § 2008년 5월 20일
초판 1쇄 펴낸 날 § 2008년 5월 30일

지은이 § 조종호
펴낸이 § 서경석

편집장 § 문혜영
편집책임 § 문정흠

펴낸곳 § 도서출판 청어람
등록번호 § 제1081-1-89호
등록일자 § 1999. 5. 31
어람번호 § 제2-1490호

주소 § 경기도 부천시 원미구 심곡1동 350-1 남성B/D 3F (우) 420-011
전화 § 032-656-4452 팩스 § 032-656-4453
http://www.chungeoram.com
E-mail § eoram99@chollian.net

ISBN 978-89-251-1321-0 04810
ISBN 978-89-251-1126-1 (세트)

目次

第三十九章

천안무경(天眼武經)
―화주린의 한숨

藍天俠傳

侠

　은발의 노인, 그는 남천의 말을 중간에서 자른 후 괴이쩍은
표정으로 한동안 쳐다보다가 툭 한마디 내뱉었다.

　"아무튼 신기한 놈."

　몸을 움직이지 못한 남천은 겨우 고개만 돌린 채 노인을 쳐
다보고 있었다.

　"이게… 어찌 된……."

　"어허, 조용히 하라니까 참 말을 안 듣는구나."

　또다시 남천의 말을 자른 노인은 천천히 자리에서 일어났
다. 어둠 속이라 확실치는 않았으나 남천보다 머리 하나는 더
있는 듯했다.

게다가 삐쩍 말랐기 때문인지 실제보다 더욱 커 보이는 모습, 마치 한 그루의 고목과도 같았다.

그는 남천의 옆으로 다가오더니 털썩 주저앉았다.

"너는 내가 누군지, 그리고 어찌 살아났는지 몹시 궁금하겠다만 그건 나 역시 마찬가지다. 네가 누군지, 왜 여기에 왔는지 몰라 답답하단 말이다. 그러나!"

그는 가늘게 뜨여진 남천의 눈을 내려다보며 히죽 웃었다.

"아직은 때가 아니야. 넌 더 쉬어야만 해."

그의 눈과 마주치면서부터였다.

남천은 가까이 있음에도 그의 목소리가 왠지 멀리서부터 들려오는 것 같았다.

그리고 점점 눈꺼풀이 무거워졌다.

그렇게 남천은 자신도 의식하지 못하는 사이 또다시 깊은 잠에 빠져들어 갔다.

남천이 정신을 차린 것은 이틀이 지나서였다.

그의 상태는 이틀 전에 비할 수 없을 만큼 호전되어 있었다. 백한양도에 꿰뚫렸던 가슴은 이미 상처가 아물어 흔적만이 남아 있었고, 무리한 공력의 운용으로 입었던 내상조차 씻은 듯이 사라진 상태였다.

그만한 부상을 입었음에도 이처럼 금세 나을 수 있었던 것은 자신의 서자충천공의 묘용도 있었겠지만, 그보다는 노인의 보살핌 때문이리라.

정신이 들고 잠시간 전신에 내력을 휘둘러본 그는 이윽고 천천히 눈을 떴다.

그만한 시간이 흘렀음에도 그의 앞엔 고목 같은 몰골을 한 노인이 처음의 모습 그대로 앉아 있었다. 마치 자신이 정신을 잃고 있는 동안 한 치의 움직임도 없었던 듯했다.

노인은 잠시 히죽거리며 남천을 내려다보다가 이윽고 말문을 열었다.

"이제야 조금 사람다워졌군. 자, 그럼 이제 내 질문에 대답할 차례다."

남천은 눈을 몇 번 깜빡이고는 천천히 상체를 일으켰다. 부상은 이미 완쾌되었으나 너무 오랜만에 몸을 움직여서인지 조금은 어지럽기도 했고 행동도 빠르지 못했다.

이번엔 노인도 물끄러미 쳐다보기만 할 뿐 남천의 행동을 막지 않았다.

"어르신께서는……."

그러나 남천이 입을 열자마자 기다렸다는 듯이 호통을 내질렀다.

"이놈아, 내 말을 도대체 뭐로 듣는 거야. 내가 물어볼 차례라고 하지 않았느냐?"

남천은 노인과 대면한 지 얼마 지나지 않았음에도 그를 상대하기가 여간 까다롭지 않으리라는 것을 이내 깨달았다. 하지만 다소 괴팍스럽기는 하나 자신의 생명을 구해준 이였으니 잠자코 따를 수밖에 없는 노릇이다.

남천이 조용히 있자 그제야 노인은 흡족한 미소를 지으며 고개를 끄덕였다.

"그래그래. 자, 그럼 이제 묻겠다. 궁금한 게 한둘이 아니기에 네가 쓰러져 있는 동안 내 정리해 보았다."

그는 쭈그려 앉아 있던 자세를 풀고 엉덩이를 털썩 땅에 붙여 앉더니 눈을 가늘게 뜨고는 남천을 지그시 바라봤다.

노인의 눈은 마치 보석을 발견한 여인처럼, 아니, 신기한 물건을 발견한 아이처럼 반짝이고 있었다.

"묻는 말에 고개만 끄덕이거라. 내 다 맞추어볼 테니 섣불리 답을 말해서는 아니 된다. 알겠느냐?"

남천은 천천히 고개를 끄덕였다.

노인은 긴장했는지 혀를 내밀어 입술을 적시고는 물었다.

"너는 당가 놈이지?"

남천이 고개를 저으려 하자 노인은 잽싸게 양손을 내밀어 그의 머리를 꽈악 움켜쥐었다.

"그래. 아닌 줄 알고 있었다. 버릇없는 당가 놈일 리가 없지. 너는 말은 잘 안 들어도 버릇없지는 않으니 말이다. 그럼 다음 질문. 너의 가슴에 박혀 있던 도를 보아하니 쌍하도문과 척을 진 게 틀림없구나. 그렇지?"

그 말을 듣는 순간 남천은 흠칫하더니 눈을 감아버렸다.

끓어오르는 분노를 잠재우기 위함이었다.

형과 사관화에 대한 복수도 하지 못하고, 남궁상연마저 지켜주지 못한 자신에 대한 분노였다.

"음. 굳이 고개를 끄덕이지 않아도 알겠구나. 어찌해서 그들과 적이 되었는지는 나중에 듣기로 하고, 그보다 넌 사심무의 제자냐?"

"흡!"

남천은 자신도 모르게 다급성을 들이켜며 눈을 번쩍 떴다.

'어떻게……?'

남천은 경악 어린 표정으로 노인을 뚫어지게 응시했다.

사부의 이름을 아는 이가 강호에 있다는 사실이 믿기지 않았다. 남궁무상 역시 강호에는 사부가 별호로써만 알려져 있다 하지 않았던가.

"홋! 뭘 그리 놀라느냐? 그처럼 쉬운 걸 가지고. 으하하핫!"

노인은 자신의 예상이 맞아 들어가자 흐뭇한 나머지 동굴이 무너져라 대소를 터뜨렸다.

"사심무가 제자를 들였군 그래. 한데 너는 네 사부와는 달리 몸이 부실한 듯하다. 일수만병파의 제자가 도에 꿰뚫렸으니 말이야."

그의 질책 어린 말에 남천의 고개가 숙여졌다.

남천은 아무런 말도 하지 않았다.

그런 모습이 조금은 안타까워 보였을까? 한동안 물끄러미 쳐다보던 노인이 한마디 덧붙였다.

"흠흠. 하지만 아직은 네 나이가 많지 않으니 노력하면 네 사부처럼 될 날이 올 것이다. 그러니 패했다고 너무 기죽어 있는 것도 좋지 않아."

"어르신께선 사부님을 아십니까?"

남천은 그제야 조심스럽게 입을 열었다.

비록 노인은 아무런 말도 하지 말라 했지만 도저히 가만히 있을 수 없었다.

다행스럽게도 노인은 자신의 말도 잊어버렸는지 헤벌쭉 웃으며 크게 고개를 끄덕였다.

"물론 알지. 나와 성격이 맞지 않아 깊게 사귀지는 못했지만, 그와 몇 차례 이야기를 나눈 적이 있다."

남천은 그의 말에 수긍이 갔다. 노인은 사부와 성격이 너무 달랐다. 그렇지만 몇 차례 이야기를 나눈 것만으로는 사부의 본명을 알 리 만무했다. 이는 풀리지 않는 의문이었지만 나중에 사부를 만나 물어보면 해결될 일이었다.

노인은 잠시 무엇인가를 고민하는 듯하다가 턱을 긁적이며 다시 물었다.

"넌 분명 당가가 아니라 했지?"

남천은 그와 눈을 마주하며 고개를 끄덕였다.

그로서는 노인은 왜 자꾸 당가를 언급하는지 도대체 영문을 알 수 없었다.

"그럼 왜 네가 당가의 독을 지니고 있느냐?"

"……."

남천은 잠시 멍해졌다.

당가의 독? 당가의 독이라면 산공독이라던 당옥의 독 외에는 접해본 적도 없는데 이건 또 무슨 소릴까?

남천은 어렴풋이 미소를 띠며 고개를 저었다.

"뭔가 잘못 아신 듯합니다. 저에겐 당가의 독이 없습니다."

"없어?"

노인의 음성이 묘하게 비틀렸다.

지금까지의 느긋하고도 우스꽝스러웠던 모습은 온데간데없이 사라지고, 그에게서 뿜어져 나오는 무형의 기운이 서서히 남천을 압박하기 시작했다.

처음은 조용한 강바람에 일렁이는 잔물결처럼 잔잔했으나 순식간에 거대한 파도가 들이쳐 오듯, 산악을 뒤덮는 강대한 폭우처럼 변했다.

남천은 이런 기운을 접해본 적이 있었다. 바로 사부에게서.

하나 익숙하면서도 달랐다.

사부의 것이 단단하면서도 웅혼했다면 눈앞의 노인의 것은 미쳐 날뛰는 거친 폭풍과도 같았다.

"어… 어르신……."

"내가 너에게 거짓말을 하고 있단 뜻이냐?"

노인의 눈꼬리가 꿈틀거리더니 이번엔 섬뜩한 안광이 폭사되었다.

"그럼 이건 뭐지?"

언제부터인지 노인의 손에는 하나의 주머니가 들려 있었다.

"......!"

그건 남천의 것이었다.

바로 월영파의 독이 담긴 주머니.

남천은 흔들리는 눈빛으로 주머니에 시선을 고정시킨 채 딱딱히 얼어붙었다.

그게 당가의 독이었단 말인가?

남천의 머릿속엔 믿고 싶지 않은 생각이 스멀거리며 떠올랐다.

'당가에서 나를……?

문득 당옥에 생각이 미쳤다. 그 당시 보였던 당옥의 야비한 눈빛. 그의 성격대로라면 가능할 듯도 했다.

그러나 곰곰이 생각해 보면 당옥은 아니었다. 월영파의 부단주는 분명 늙은이라고 했다. 게다가 당옥이라 하기엔 시기상으로도 맞지 않았다.

'그렇다면 누구지?

남천은 한참을 고심해 보았으나 딱히 떠오르는 사람이 없었다.

그러다가 남천의 시선이 천천히 노인을 향했다.

당가의 독이라는 증거는 오직 노인의 말뿐이었다. 당가의 독은 외형만 가지고 판별할 수 있을 만큼 허술한 게 아니었다. 그럼에도 어찌 노인은 저리 확신하고 있는 것일까?

"그 물건은 제가 간직하고 있긴 했으나, 저의 것이 아닙니다. 외람된 말씀이나 혹 뭔가 착오가 있으신 게 아니……."

"착오?"

노인의 눈빛이 한순간 더없이 싸늘해지며 냉랭하게 소리쳤다.

"당예문의 만고사독(萬苦死毒)을 나만큼 아는 사람은 없을 것이다."

남천의 손끝이 가늘게 떨리기 시작했다.

'당예문?'

지금 분명 무신 당예문이라고 했나?

한줄기 소름이 전신을 타고 흘러내렸다.

수많은 살수들이 암습해 왔다. 죽을 고비도 여러 번 넘겼다.

사부에 원한을 둔 자들이 자신을 노렸으리라 막연히 생각했었는데……. 그런데 그 모든 것이 당예문의 뜻이었단 말인가?

도저히 믿기지 않는 일이었다.

그라면 굳이 그런 수를 쓰지 않더라도 자신을 죽일 수 있었다. 차마 자존심 때문에 그러지 못한 것이었을까.

남천은 당혹스러우면서도 난처했다.

상대가 무신이라면 정면으로 맞부딪쳐서는 승산이 없었다. 설사 가능하다 해도 남궁세가와 당가는 오랫동안 교분이 두터웠으니 남궁상연을 사랑하는 그로서는 그런 당가를 상대하기가 애매했다.

비록 그렇다고는 하나…….

'분명 다른 방도가 있을 것이다.'

자신뿐이었으면 또 모르겠으나 당시엔 남궁상연마저 위태로웠었다. 하니 이대로 넘어갈 순 없었다.

남천은 문득 당예문에 관해 저리 자세히 알고 있는 노인의 정체가 궁금해졌다.

결국 남천은 아직까지도 서릿발 같은 기운을 뿜어내고 있는 노인을 향해 조용히 입을 열었다.

"어르신께선 누구십니까?"

그러나 돌아온 대답은 남천이 듣고 싶어했던 내용이 아니었다.

"너는 아직 나의 말에 대답하지 않았다. 이게 당가의 독이 아니면 무엇이냐?"

노인은 끈질겼다.

남천은 어쩔 수 없이 그에 얽힌 사연을 모두 털어놓았다.

세가에서 나와 만석련을 만난 것부터 지금 노인이 들고 있는 독에 당해 위험에 처했던 상황까지.

그의 이야기를 모두 듣고 난 노인은 그제야 안색을 풀었다. 아니, 그 정도가 아니라 무슨 이유에서인지 그는 남천을 측은한 눈빛으로 바라보며 혀를 찼다.

"그렇게 된 게로구나. 쯧쯧."

남천은 그의 음성에서 노인이 자신에게 진한 동정심을 느끼고 있다는 사실을 깨달을 수 있었다.

노인은 한동안 남천을 바라보다 어색한 미소를 지으며 머리를 긁적였다. 앞뒤 가리지 않고 흥분한 행동이 멋쩍었음에 틀림없었다.

그 보답이었는지 그는 남천이 궁금해하던 것을 알려주었다.

"나는 화주린(華宙璘)이다."

무신 만박(萬博) 천안무경(天眼武經) 화주린.

그는 다른 무신들과는 달리 딱히 성명절기라 할 만한 무공이 없었다. 그럼에도 무신이다.

그 이유는 단 하나, 그가 펼치는 모든 무공이 절기였다.

삼류무공이라 해도 그의 손에서 펼쳐지면 일류고수도 파악해 내기 힘든 심오함이 담긴 절기로 탈바꿈했다.

그는 무공의 본질에 대해 꿰뚫고 있었기 때문이다. 초식에 얽히는 미세한 동작 하나에도 그 의미가 있기 마련이다. 이를 파악해 내는 것. 이것은 화주린만의 특기로, 그를 무신으로 만들어준 것이다.

게다가 그의 이 특이한 재주는 비단 무공에만 국한된 것이 아니었다.

천문, 지리, 산술, 기관진식에 이르기까지 그의 재능은 학문을 가리지 않고 적용되었다.

그야말로 만박이라는 말이 어울리는 인물.

한데 그런 그에게도 두 가지의 고질병이 있었다.

하나는 바로 자존심이 너무 강하다는 것.

이는 당연한 이야기였다. 그는 자신이 천재라는 사실을 어렸을 적에 깨달은 것이기에 자부심이 높을 수밖에 없었다. 그러나 이는 그를 외톨이로 만들기에 충분했다.

또 다른 하나는 도박이었다.

천재라 해도 도박의 결과를 모두 맞추는 건 불가능했다. 자신의 예상을 빗나가는 도박, 그는 거기서 즐거움을 느꼈다.

단순한 도박부터 온갖 내기에 이르기까지, 만나는 사람마다 그는 내기를 해댔고 대부분을 이겼다.

무인이 비무를 통해 즐거움을 느끼듯, 그는 내기에 이기는 것에서 희열을 느꼈다.

그러나 이 역시 그의 삶에 아무런 도움을 주지 못했다. 내기만을 해대는 사람을 그 누가 좋아하겠는가?

그랬던 화주린이 십여 년 전 갑자기 모습을 감추었다.

세간에 그가 죽었다는 말도 돌았으나 그의 행방을 아는 이는 아무도 없었고, 시신을 본 사람도 없었으니 소문만 무성할 뿐이었다.

한데 그가 이런 음침한 동굴에서 은둔하고 있었다니 놀라운 일이 아닐 수 없었다.

남천은 자리에서 벌떡 일어나 정중히 포권을 취했다.

노인이 사부의 이야기를 할 때 어느 정도 예상은 했으나 막상 그의 신분을 알고 나자 그대로 앉아 있을 수만 없었다.

"무림말학 남천이 천안무경을 뵙습니다."

"앉아, 앉아. 아직 몸이 성치 않으니 예의는 접어둬라. 일수만병파는 참 팔팔한 놈을 제자로 거뒀군."

화주린은 툴툴거리며, 서 있는 남천을 억지로 자리에 앉혔다.

"만고사독에 당한 사람들끼리 이렇게 모이다니 이것도 운명이라면 운명이겠구나."

그의 자조적인 중얼거림에 남천은 궁금증이 치밀었다.

"어르신께서도 그……."

남천은 차마 당예문에게 당했냐는 말을 쉽게 꺼내지 못하고 끝을 얼버무렸다.

하나 화주린은 이를 눈치 채고 히죽 웃었다.

"당예문에게 패했느냔 말이겠지? 그러나 난 너의 경우와는 다르다. 내가 직접 먹었으니 말이다."

"……?"

"왜? 독을 스스로 먹었다 하니 믿기지 않냐? 후후후. 그러나 사실이다."

화주린은 궁금한 표정의 남천을 슬쩍 일별하고는 허공을 올려다봤다. 그리고는 회상하듯 담담한 음성으로 말을 계속했다.

"그건 말이다. 십 년 전 당예문이 나를 찾아오면서부터 비롯되었다……."

이어진 그의 이야기는 어처구니없는 것이었다.

화주린을 찾은 당예문은 그에게 하나의 부탁을 했다. 자신과 함께 중원을 거머쥐어 보자는 것이었다. 삼류무공도 절세의 무공으로 탈바꿈시키는 화주린의 손을 거친다면 당가의 무공이 믿을 수 없을 만큼 강해질 게 뻔했으므로 이는 결코 불가능한 이야기가 아니었다.

그러나 화주린은 거절했다.

이유는 간단하게도 관심이 없다는 것이었다.

당예문은 이런 화주린의 반응을 예상이라도 한 듯 내기를 하자 했다.

천하를 건 내기.

하나 화주린은 그답지 않게 내기의 내용이 무엇인지도 듣지 않고 즉각 거절했다. 천하를 건 내기 따위는 할 수 없다는 게 그 이유였다.

당예문도 설마 그가 내기마저 거절할 줄은 몰랐는지 한동안 난처해했다.

자신은 내기에 이길 자신이 있었기 때문에 그런 위험한 말을 털어놓았던 것인데 그가 자신의 속내만 알고 응하지 않았기 때문이다.

고민 끝에 당예문은 다른 방도를 생각해 냈다.

내기를 해서 진 사람은 강호에 모습을 비추지 않고 죽을 때까지 은둔하기로 말이다.

화주린 역시 이에는 흔쾌히 응했다.

이기든 지든 당사자만 피해를 보는 내기였기 때문이다.

그래서 결국 두 사람의 무신은 비무가 아닌 내기를 벌이게 되었다.

내기의 내용은 간단했다. 당예문의 독을 과연 화주린이 해독해 낼 수 있는지였다.

의술 역시 뛰어난 화주린으로서는 자신만만했다.

천하의 모든 독을 꿰뚫지는 못했지만 모든 독은 대동소이했다. 본질만 알아낸다면 해독하는 게 무엇 어려우랴?

그러나 그의 생각은 오만이었다.

내기를 시작한 지 며칠이 지나도 화주린은 당예문의 독을 해독하지 못했다.

당예문은 득의의 미소를 지으며 그에게 은거할 것을 종용했다. 하지만 화주린은 고집을 피웠다.

해독하는 데 걸리는 시간을 내기에 넣지 않았으니 끝나지 않았다는 것이다.

당예문과 그는 한참의 절충 끝에 결국, 해독 방법을 찾아내기 전까지는 강호에 모습을 드러내지 않기로 했다.

당예문은 약속을 지키라는 마지막 말과 함께 떠나갔고, 화주린은 이전에 발견해 놓은 절벽에 난 동굴 속에 틀어박혀 해독 방법을 찾는 데 몰두하게 되었다.

그렇게 십 년이 덧없이 흘러갔다.

화주린은 이야기를 끝마치고는 남천을 바라보며 힘없이 웃었다.

"그 당시에 내기에 사용됐던 독이 바로 만고사독이다. 그러니 내가 어찌 모를 수 있겠느냐? 저쪽을 보아라."

남천은 그의 손이 가리키는 동굴 한쪽을 바라보았다.

그곳에는 한 무더기의 보자기들이 쌓여 있었다.

"저게 다 만고사독이다. 당예문에게 부탁해 내가 받아놓은 것들이지. 해독한다고 많은 양을 사용했지만 아직 저만큼이나 남았구나."

남천은 자신에 사용되었던 독이 화주린의 십 년 노력으로도 풀지 못한 고절한 물건임에 놀라움을 감추지 못했다.

그러면서도 한편으론 당예문의 심악함에 치가 떨렸다.

자신의 야욕을 돕지 않았다 하여 십 년이 넘게 한 사람을 가두다시피 했으니 말이다.

"하면 어르신께서는 아직 그 방법을 찾지 못하셨습니까?"

"안타깝게도 그렇다. 내가 직접 복용하면서까지 해독하려 했지만 고통만 뒤따를 뿐이었다. 나의 공력과 모든 수단을 동원해도 독의 발작을 막을 순 없었지. 덕분에 목이 터져라 고함만 질러댔다. 크크크!"

화주린은 말하면서도 민망한지 헛웃음을 날렸다.

무신이라 불리는 사람이 고통에 못 이겨 비명을 질러댔으니 그럴 만도 했다.

공교로운 점은 이 비명 소리가 바로 스님이 들었다는 사자후의 정체라는 사실이었다.

결국 강서백은 사자후를 쫓아 산에 들어왔고, 남궁상연의 목숨을 구할 수 있었으니, 어찌 보면 화주린은 남천과 남궁상연 두 사람의 은인이라 할 만하였다.

"너도 겪어봤으니 알겠다만 그 고통이란… 휴우. 아무튼 당예문 그 사람, 지독한 독을 만들어냈어."

남천은 그의 말을 십분 공감할 수 있었다.

만고사독이 주는 고통을 몸소 겪은 바 있는 그는 화주린이 느꼈을 고통이 얼마만 했을지 짐작이 갔다. 게다가 남천은 한 번뿐이었지만, 그는 여러 해에 걸쳐 행해왔을 테니 그 고초란 말로 표현할 수 없을 만큼일 터였다.

그렇지만 한편으론 한 번의 잘못된 약속으로 인해 오랜 세

월을 이런 음침한 곳에서 지냈을 그에 대한 연민의 정도 솟아났다.

남천은 절레절레 고개를 저으며 조그맣게 말했다.

"어르신의 고충이 크셨겠습니다."

"하하. 뭐 그렇긴 했다만 내 명이 다하기까진 아직 많은 시간이 남아 있으니 언젠가는 해독해 낼 것이다. 다만 한 가지 안타까운 점은 심심하다는 것뿐이었는데, 이렇게 하늘에서 네가 떨어져 내렸으니 이도 해결됐고……."

그는 원래 성격이 낙천적인 듯 히죽 웃었다.

남천은 어이없다는 표정으로 그를 쳐다보다가 갑자기 궁금증이 치밀어 조심스레 물었다.

"이곳은 절벽 중턱인 듯싶습니다. 한데 어찌 저를……?"

남천이 떨어져 내리는 힘은 만근거석에 버금갔다.

그런 그를 잡아채기란 아무리 고수라 하여도 힘들었을 게 분명했다.

"하하핫. 그게 뭐 대단한 일이라고. 너는 나를 너무 얕잡아 보고 있는 게 아니냐? 그 정도야 이렇게 하면 되는 게다."

그는 우수를 들어 남천을 향했다.

그러자 곧 그의 장심에서 무형의 기운이 뻗어 나와 남천을 끌어당기기 시작했다.

'엇!'

남천은 끌려가지 않으려 급히 천근추 공력을 끌어올렸다.

그러나 부질없는 짓이었다.

스스스슥.

이미 공력을 한껏 휘둘렀음에도 앉은 자세 그대로 바닥을 끌며 전신이 요동쳤다.

'이런 허공섭물이!'

남천은 안색이 대변했다.

과연 무신이라는 이름에 부끄럽지 않은 절륜한 공력이었다.

그러나 놀라는 한편 오기도 솟구쳤다.

그는 급히 흡벽쇄혼지를 펼치며 땅바닥에 양손을 찔러 넣었다.

지력이 단단히 땅속에 틀어박히자 잠시 몸이 흔들거리다가 멈추었다.

"이놈 봐라."

화주린은 의외로 남천의 저항이 거세자 한 소리 내뱉더니 이내 묘한 미소를 지었다.

"한번 해보자는 말이렷다!"

그의 말이 끝나는 순간 남천의 양손이 부르르 떨렸다.

장심에서 뻗어 나온 흡인력이 배가되었다.

드드드드.

바위 부서지는 소리가 연이어 들리며 땅바닥이 울리기 시작했다.

남천의 손이 그 힘을 이기지 못하고 빠져나오자 다시금 끌려가기 시작했다.

'아……!'

남천은 허탈해졌다.

그동안 익힌 무공이 모두 무용지물이 되는 순간이었다.

이 정도의 흡입력이라면 무공을 펼칠 수조차 없다.

초식은 몸부림에 불과하고 신법이나 보법 역시 제 힘을 발휘할 수 없을 게 뻔했다.

결국 남천의 가슴이 화주린의 장심에 닿았다.

"이렇게 너를 구했다."

말하지 않아도 알았다.

남천은 그의 눈을 한번 바라본 후 깊이 고개를 숙였다.

"목숨을 구해주신 은혜에 감사드립니다."

그러나 그의 목소리엔 힘이 없었다.

"이놈아, 속상하느냐? 좀 전에도 말했지만 너에겐 아직 시간이 많아. 내가 너보다 세 배나 넘게 살았는데 이 정도도 못 해낸다면 내가 멍청한 놈 아니겠느냐?"

일반적인 무인이 들었으면 통탄해 할 만한 말이었다.

세 배가 아니라 열 배를 살아도 그보다 못한 이들이 대부분일 텐데…….

남천이 여전히 시무룩한 표정이자 화주린은 그의 어깨를 가볍게 두드렸다.

"앞길이 창창한 놈이 그리 맥이 없어서야 되겠느냐?"

이어 풀이 죽은 남천이 안돼 보였는지 넌지시 물었다.

"정 그렇다면 내 너의 무공을 한번 봐주랴?"

남천은 순간 흠칫했다.

무공의 본질을 꿰뚫어 보는 천안무경이 도움을 주겠다고 했다.

그의 힘을 빌 수 있다면 단번에 백천의 단계에 이를 수 있을지도 몰랐다.

그러나 남천은 고개를 저었다.

사부의 무공, 아니, 가전무공을 익힘에 남의 도움을 받는다는 게 탐탁지 않았다. 그보다 서자충천공을 비롯한 자신이 익히고 있는 무공이 남의 도움을 받을 정도로 허술하지도 않았다.

"어르신의 고마운 뜻은 알겠으나 전 괜찮습니다."

"허허, 왜? 자존심이 상해서 그러느냐? 너도 자존심만 높이다가 내 꼴이 되고 싶은 게냐? 쯧쯧, 너는 하나만 알고 둘은 모른다."

남천은 그가 무슨 말을 하는지 싶어 물끄러미 쳐다봤다.

"네가 익히고 있는 무공은 확실히 신공이라 할 만하다. 그리고 보아하니 너의 성취 또한 낮지 않다. 그러나 같은 무공이라 해도 열 명이 익히면 열 개의 다른 무공으로 나뉘게 마련이다. 너는 너의 무공이 네 사부의 것과 똑같다 생각하느냐?"

화주린의 말에 남천은 무언가 깨닫는 바가 있었다.

개개인의 골격이 다르고 심념이 다르고 체기가 다르니 완전히 똑같은 무공을 펼친다는 것은 사실 불가능했다.

그럼에도 대동소이라… 같은 무공을 익혔다면 큰 차이를 보이지 않았다. 그게 아니었다면 각 문파의 독문무공이란 게 생겨나지도 않았을 것이다.

화주린은 지금 그런 미세한 차이를 언급하고 있었다.

남천이 자신의 말에 집중하고 있자, 그는 신이 난 목소리로 말을 계속했다.

"같은 무공이지만 다른 무공. 무공을 이해하는 조그만 차이, 그런 차이가 나와 같은 사람을 만들어내는 것이다. 하하핫. 내 말 무슨 뜻인지 알겠느냐?"

남천은 아리송했지만 조그맣게 고개를 끄덕였다.

"게다가 어디까지나 나는 너의 무공에 대해 간단한 조언만 할 것이니, 네 사승에는 아무런 문제도 없다. 일수만병파 역시 그리 생각할 게야. 간단히 말하자면 무공에 대한 일반적인 교류 정도로 생각하면 되겠구나. 이래도 거절할 셈이냐?"

남천은 쉽게 결정을 내리지 못했다.

그의 말이 틀린 것은 아니었으나 자신의 무공은 혼자만으로 만들어가야 한다는 무형의 속박이 남천을 가로막고 있었기 때문이다.

하나 이어지는 화주린의 말이 남천의 가슴에 쐐기를 박았다.

"훗, 지금 상태로 저 위로 올라간다면 또다시 몸에 도가 박히지 말란 법이 없지."

그랬다. 다시 창해극과 겨룬다 한들 이길 수 있다 장담하지 못했다. 남천이 그의 발목을 자른 것조차 반절은 요행의 힘이었다.

게다가 달리 생각하면 선배 고수의 조언을 듣는 정도는 강호에서 흔한 일이었다.

'맞아. 조언을 구하는 것은 배우는 자라면 응당 취해야 할 태도다. 부끄러워만 해서도 안 돼.'

남천은 굳은 표정으로 천천히 고개를 끄덕였다.

"어르신의 뜻을 받들겠습니다."

화주린은 슬며시 웃으며 한탄하듯 읊조렸다.

"하. 도와주려는 것인데도 내가 사정을 해야 하는구나. 이것참……."

남천은 급히 고개를 숙이며 황송하다는 음성으로 입을 열었다.

"어르신께서 저의 목숨을 구해주신 것만으로도 이미 갚지 못할 큰 은혜를 입었습니다. 어찌 폐를 끼칠 수 있겠습니까?"

"이놈 봐라. 말 하나는 청산유수구나. 됐다, 됐어."

손을 훼훼 내저으며 말하는 화주린에게 남천이 슬며시 물었다.

"한데 어르신께서는 쉽게 마음을 열지 않는다 들었습니다만… 어찌하여 저에게 이런 호의를 베푸시는지요."

당예문의 청조차 일언지하에 거절했던 그다. 그리고 그가 남을 도와주는 일에 선뜻 나서는 성격이었다면 이처럼 친우도 없는 외톨이 신세가 되진 않았을 터였다.

그런데 지금은 원하지도 않았는데 도와주겠다 하니 남천으로서는 당연히 의문이 생길 수밖에 없었다.

"흐음. 네가 들은 바는 사실이다. 그러나 나도 동병상련에 처한 사람마저 무시할 정도로 독한 사람은 아니다. 너나 나나 당예문의 독에 당하지 않았더냐? 함께 만고사독의 지독한 고통을 겪었음은 결코 가벼운 일이 아니야."

남천은 천천히 고개를 끄덕였다.

자신도 배고파 보이던 왕태삼에게 돈을 건네주지 않았던가? 배고픔의 고통을 익히 겪어보았기에 그런 행동을 할 수 있었던 것이다.

그 역시 마찬가지…….

하나 남천은 또 다른 사실은 모르고 있었다.

화주린이 혼자 보낸 시간이 무려 십 년이었다.

그 아무리 독불장군으로 살아온 화주린이었지만 십 년이

란 결코 짧은 시간이 아니었고, 그 역시 사람인지라 외로움을
느낄 수밖에 없었다.

그러던 차에 남천을 만나게 되었으니 어찌 반갑지 않겠는
가?

남천이 몸이 쾌차하면 바로 떠나려는 듯 보이자 화주린은
그게 못내 아쉬웠다. 때문에 그런 말을 꺼낸 것이었다.

화주린은 남천의 결정에 이를 드러내며 환히 웃었다.

"그러니 너는 잔소리할 것 없이 내 말에 따르기만 하면 된
다."

이어 문득 생각났는지 호기심 어린 눈초리로 물었다.

"아, 맞다! 너는 그때 기분이 어땠느냐? 만고사독은 사흘간
의 고통 후에도 후유증이 꽤 따르는데 말이다. 부끄럽게도 나
는 한 번 복용하고 나면 닷새 가까이 아무런 힘을 쓸 수 없었
다."

그는 다시금 이를 떠올리자 치가 떨리는지 몸을 한차례 부
르르 떨었다.

"저는 그래도 어르신보다 나은 편이었습니다. 정신을 잃었
거든요. 그런데 후유증은 없었습니다만……?"

"응? 그게 무슨 소리냐?"

화주린은 남천의 말에 두 눈을 끔뻑였다.

"여독은 없었습니다. 사흘 후 제가 정신을 차렸을 땐 독이
모두 사라졌는지 오히려 처음보다 더 몸이 건강해진 듯한 느

낌이었는데……."

"말도 안 되는 소리! 절대 그럴 리 없다. 나의 공력으로도 독성을 억제하지도 풀어내지도 못했거늘, 네 힘으로 가능했을 리 없다."

그의 목소리는 단호했다.

화주린은 십여 년간 만고사독과 싸우며 별별 방법을 다 시도해 보았다. 하지만 해독하리라 믿었던 모든 영약들은 아무런 힘도 쓰지 못했고 돌아오는 건 예의 고통뿐이었다.

그럴 때마다 가장 먼저 해보는 게 바로 공력으로 독을 제거하는 것이었다. 자신이 아는 모든 내공심법을 동원하여 억눌러 보았지만 만고사독은 전혀 영향을 받지 않고 오히려 더욱 날뛰기만 했다. 주독을 제거하는 것처럼 태워보려고도 하고 한곳으로 모아보려고도 했으나 이조차 헛된 몸부림에 불과했다.

그래서 화주린은 단 한 번의 예외도 없이 여드레 동안 고통에 시달려야만 했다.

그런 그에게 남천의 말은 어불성설로 들렸다.

"하지만 사실입니다, 어르신."

남천은 화주린을 똑바로 직시했다. 화주린의 것처럼 그의 음성 또한 단호했다.

그러나 남천의 말을 들은 화주린은 순간 부아가 치밀었다.

"그럴 리가 없단 말이다!"

그는 빽 하니 소릴 질렀다.

어느새 그의 얼굴은 붉게 상기됐고 눈은 미세하게 떨리고 있었다.

화주린은 바보가 아니었다. 그도 남천이 거짓을 말하고 있단 기분은 들지 않았다. 그러나 쉽게 인정할 순 없었다.

십 년이 넘게 고생을 해왔는데, 자신이 이겨내지 못한 독성을 한낱 애송이가 깨뜨렸을지도 모른다는 현실에 울분이 솟구쳤기 때문이었다.

남천은 갑작스런 그의 반응에 흠칫했으나 겉으론 아무런 내색도 하지 않은 채 묵묵히 그를 지켜보기만 했다.

얼마간의 시간이 흐른 후 화주린은 결국 기다란 탄식을 토해내며 천천히 입을 열었다.

그의 음성에는 십 년의 고초가 실려 있었다.

"흐으음. 자세히 말해보거라."

남천은 고개를 한번 끄덕이고는 당시의 상황에 대해 설명해 주었다.

청해에 이르긴 했으나 다스릴 수 없었던 진기들. 그 진기들이 어느 순간 단전으로부터 뿜어져 나왔고, 제멋대로 전신을 휘돌다 만고사독을 태우며 진정되기 시작했다는 일 등을 하나도 빠짐없이 털어놓았다.

남천의 설명이 끝나고 나서도 한참 동안 화주린은 머리를 숙인 채 아무런 말이 없었다.

'주체하지 못하는 진기들이 독을 제거해 냈다고? 그게 과연 가능한가? 주화입마와 다름없는 상태가 될 텐데?'

자신의 경험으로 보아 남천이 말한 해독 방법은 그야말로 위험하기 짝이 없는 짓이었다.

물론 남천이 고의로 행한 것은 아니었지만 어찌 됐든 과정만을 보면 그랬다.

감당 못할 진기는 오히려 기혈을 돌며 오장육부와 전신을 파괴했다. 그것도 모자라 후에는 정신을 갉아먹는 게 일반적이었다.

그런데… 그런데…….

그는 답답한지 치렁치렁한 머리를 쥐어뜯더니 갑자기 벌떡 일어섰다.

"어르신?"

그는 강렬한 눈초리로 남천을 쏘아보았다.

"아무래도 직접 해봐야겠다."

그러더니 성큼성큼 굴 안쪽으로 걸어 들어가 만고사독을 한 움큼 쥐고는 그대로 입 안에 털어 넣었다.

'헛!'

남천은 놀람에 눈을 크게 치떴다.

언뜻 보아도 자신이 가지고 있는 독의 열 배는 될 정도의 많은 양이었다.

그는 다시 털레털레 걸어와 남천의 앞에 털썩 주저앉고는 서슬 퍼런 웃음을 지었다.

"넌 네 말이 맞기를 빌어야 할 것이야."

완연한 협박이었다.

그는 그 말을 끝으로 눈을 감아버렸다.

남천은 그의 무서운 눈빛에 조금 놀라기는 했으나 여전히 침착함을 유지했다. 그는 자신에게 떳떳했기 때문이었다.

화주린의 표정은 심각했다.

그를 지켜보는 남천 역시 마찬가지였다.

자신도 모르게 마른침이 삼켜졌다.

지금은 무신 천안무경의 십 년간의 속박이 풀리느냐 마느냐하는 중요한 순간이었다. 어찌 긴장되지 않겠는가.

무슨 이유에서인지 화주린의 인상이 가볍게 찌푸려졌다.

남천은 몰랐지만 그는 속으로 욕설을 내뱉고 있는 중이었다.

'젠장!'

무신에 이른 화주린에게 다스리지 못할 진기 따위가 남아 있을 리 없었다.

급한 마음에 무턱대고 만고사독을 삼키긴 했으나 독과 싸울 진기가 없다는 사실을 깜빡 잊고 있었던 것이다.

슬슬 독기가 퍼지고 있는 지금, 한시라도 빨리 진기를 풀어 놓아야만 했다. 그렇지 않으면 예전처럼 고통에 몸부림치리라.

그는 초조해지려는 마음을 다시금 진정시켰다.

'어딘가엔 분명 남아 있을 것이다. 찾아야만 해.'

그는 입을 악다문 채 온몸을 구석구석 뒤지기 시작했다.

잡동사니로 익혔던 내공부터 자신의 본신진기에 이르기까지 두루두루 살펴 나갔다.

그러나 그가 원하는 진기는 그 어느 곳에도 없었다.

'빌어먹을. 빌어먹을……'

시간이 흐를수록 독기는 점점 사지를 덮쳐 왔다. 이제는 시간이 얼마 남지 않았다. 일단 고통이 시작되면 그걸로 끝이었다. 오직 목이 터져라 비명만 지를 수 있을 뿐, 지금처럼 느긋하게 전신을 살펴보는 일은 엄두도 내지 못할 게 뻔했다.

얼마 만인가?

땀을 흘린 지가 언제인지 기억조차 할 수 없을 정도로 오래되었건만, 믿을 수 없게도 그의 뺨을 타고 조그만 땀방울이 흘러내리고 있었다.

그 가려움을 느끼는 순간 화주린의 머릿속에 퍼뜩 한 가지 묘책이 떠올랐다. 아니, 궁여지책이라 해야 옳았다.

'이왕 이렇게 된 것!'

화주린은 파단혈공(波斷血攻)을 급히 운용했다.

오래전 우연한 기회에 얻긴 하였으나 익히진 않았던 심공.

그가 그랬던 이유는 단 하나, 파단혈공은 강호 십칠대금공 중 하나였기 때문이다.

그는 빠른 시간 내에 거친 파단혈기를 만들어내기 위해 심법을 운용함과 동시에 본연의 진기를 서서히 변질시켜 나가기 시작했다.

그에 따라 그가 익혀온 정순한 육령백희공의 기운이 점차 파단혈기로 변해갔다.

시간이 흐를수록 파단혈기는 거대해졌고, 마침내 그 이질적인 힘은 화주린의 통제를 벗어났다.

'됐다!'

화주린은 속으로 쾌재를 내질렀다.

이제 남은 것은 내면을 관조하는 것뿐이었다.

이미 만고사독은 사지백해로 퍼진 지 오래다.

그는 두근거리는 마음을 주체할 수 없었다. 애송이의 말이 맞을 것인지 드러나는 것은 이제 시간문제였다.

그의 기대에 부응이라도 하듯 파단혈기는 단전을 태워 버릴 듯 달구더니 난폭하게 날뛰었다. 그리고 시간이 흐르자 단전만으론 모자랐는지 서서히 빠져나와 전신으로 스며들어 갔다.

그러나 그 자리는 이미 만고사독이 채우고 있었고 그때부터 두 가지 서로 다른 기운은 거대한 충돌을 일으켰다.

쇠바늘처럼 날카로운 파단혈기와 이를 저지하려는 만고사독!

둘의 싸움은 반 시진에 이르도록 치열하게 진행되었다.

그리고 마침내 만고사독은 파단혈기를 당하지 못하고 모두 산화되고 말았다.

뿐만 아니라 기이하게도 만고사독과 겨룬 파단혈기 역시

그 성질이 변했다. 처음의 날카로움이 사그라지고 묘한 형태로 육령백회공에 녹아든 것이다.

이 모든 광경을 관조하던 화주린은 어이가 없었다.

'도대체 이게… 결국은 저 아이의 말이 사실이었나……?'

정순한 진기로 억누르려 할 때는 한 치의 굽힘도 없던 만고사독이 이처럼 허무하게 사라지다니.

그리고 자신의 내력 또한 본의 아니게 증진되었다. 만고사독의 기운이 내공으로 화했기 때문이다.

화주린은 서서히 눈을 떴다.

그의 눈 깊은 곳에 잠시 광망이 이글거리다 사라졌다.

금제는 깨졌다. 만고사독이 해독되었으니 이제 그는 자유를 찾았다. 그럼에도 그의 안색은 어두워 보였다.

화주린은 넌지시 남천은 바라보다가 떨어지지 않는 입을 열어 한마디 던졌다.

"사실이었구나."

남천은 말없이 빙긋 웃었다.

화주린은 고개를 설레설레 저으며 말을 이었다.

"이런 방법이 있었다니, 나로선 전혀 상상하지 못했다."

당연했다. 천하에 누가 있어 이런 괴이막측한 방법을 사용하려 하겠는가? 자신의 목숨이 걸린 위험한 일이었으니 말이다.

"빚을 졌어."

"아닙니다. 제가 뭐 한 게 있겠습니까? 그보다 축하드립니다."

"응?"

"천비광섬과의 내기에 승리하셨잖습니까?"

"훗, 네 덕이지. 순수한 나의 힘이 아니다."

"어찌 그리 말씀하십니까?"

"됐다. 이제 말해라. 어찌 됐든 일이 이리되었으니 계획을
수정해야겠다."

"계획이라니요?"

"원래는 너의 무공을 가볍게 한번 봐주려 했으나, 나를 도
와주었으니 철저히 너를 탈바꿈시켜 주겠다. 너의 사부가 놀
랄 정도로."

"⋯⋯."

화주린은 진지한 모습이었다.

"하지만 너무 걱정하진 마라. 오래 걸리진 않을 거다. 길어
봐야 삼 개월이야. 그러니 너는 내가 하라는 대로만 하면 된
다. 알겠느냐?"

남천은 그를 멍하니 바라만 보고 있었다.

'삼 개월? 그게 가능할까?'

삼 개월만에 그의 말대로 된다면 남천으로서는 더 바랄 것
이 없는 일이었다.

그는 한동안 고심하다 입을 지그시 깨물었다.

'죄송합니다, 남궁 소저. 곧 돌아가겠습니다. 하니 잠시

만… 잠시만 기다려 주십시오.'

"결정했느냐?"

남천은 고개를 들었다.

그의 눈은 동굴 안이라 어두웠음에도 달처럼 빛을 발하고 있었다.

화주린은 남천의 눈에서 그의 생각을 읽었다.

"좋다!"

그는 크게 소리치고는 씨익 웃었다.

"단단히 각오해야 할 게야. 단순한 조언에 그치지 않을 테니 말이다."

오한이 돋을 정도로 음산한 화주린의 말에 남천은 자리에서 일어나 자세를 바로 하더니 정중히 포권을 취했다.

"잘 부탁드리겠습니다."

第四十章

백화지원(白華之怨)
―사랑을 잃은 여자의 슬픔

藍天俠傳

侠

"사 소저!"

자신을 부르는 소리에 사관화는 깜짝 놀란 표정으로 뒤를
돌아봤다.

뒤에서는 남궁운비가 뛰다시피 걸어오고 있었다.

"어머! 죄송해요."

남궁운비는 그녀에게 다가와 하얀 이를 드러내며 웃었다.

"괜찮습니다. 그런데 급한 일이라도 있나요? 발길을 너무
재촉하는 듯싶네요."

"아… 아니에요. 그건 아닌데. 그냥 느낌이 이상해서."

사관화는 다소 머뭇거리며 말을 얼버무렸다.

두 사람은 여느 때처럼 태평사에 다녀오는 길이었다.

보통 때라면 둘이 느긋하게 산수 구경이라도 즐겼으련만 오늘은 웬일인지 사관화의 발걸음이 무척 빨라 남궁운비가 뒤로 처진 것이다.

남궁운비는 무공을 익히지 않은 사관화가 자신보다 빨리 걸을 정도라면 무언가 까닭이 있으리라 생각했다. 그리고 그녀의 대답에서 묘한 기운을 느낀 그는 조심스럽게 물었다.

"뭔가 안 좋은 일이라도……?"

사관화는 살포시 웃으며 고개를 저었다.

"그런 건 아니에요. 그냥 반가운 기분이 들어서."

"네?"

남궁운비는 자신도 모르게 눈을 크게 뜨며 소리쳤다.

"그럼 혹시 천이가 돌아왔을까요?"

그는 이제나저제나 남천이 돌아오기만을 손꼽아 기다리던 터였다.

그러나 사관화는 다시금 부드럽게 미소 지었다.

"제가 어찌 확신할 수 있겠어요. 신도 아닌데."

"아……."

남궁운비는 너무나 앞서 나간 것이 쑥스러운 듯 머리를 긁적였다.

사관화는 그 모습을 커다랗고 맑은 눈으로 요리조리 살피다 그에게 한 발 다가섰다.

"이상하게 저보다 오히려 공자님이 더 오라버니를 애타게 기다리시네요."

"그건……."

그는 사관화와 눈을 마주하지 못하고 고개를 슬쩍 옆으로 돌렸다.

남궁운비가 남천을 목이 빠져라 기다리는 건 사실이었다. 그러나 이는 그가 보고 싶어서라기보다는 하루라도 빨리 혼인을 하기 위해서였다.

사관화와는 남천의 허락이 떨어져야만 그의 청을 받아들이겠다고 했다. 그런 실상을 알면서도 저리 물어대니 그로서는 난처할 수밖에 없었다.

그런 그의 마음을 아는지 모르는지 사관화는 한발을 옮겨 다시 남궁운비와 마주하며 물었다.

"왜 대답이 없으세요?"

남궁운비는 잠시 어찌할 줄을 몰라하다 기어들어 가는 목소리로 겨우 입을 열었다.

"아, 아시지 않습니까. 제가 왜 천이를 기다리는지……. 천이가 와야 저와 소저가 혼인을……."

그의 말이 끝났음에도 사관화는 한동안 조용히 웃고만 있었다. 그녀는 무슨 생각을 하고 있을까. 남궁운비는 도통 알 수 없었다.

그렇게 웃고만 있던 사관화는 이윽고 몸을 돌리곤 속삭이

듯 말했다.

"좋아요."

뭐가 좋다는 것일까?

남궁운비가 채 그녀의 말뜻을 헤아리기도 전에 그녀는 저만치 걸어가고 있었다.

남궁운비는 조금 얼떨떨하면서도 이상했다. 아니, 이상한 것은 그가 아니라 그녀였다.

얼마 전만 해도 남천에게 무슨 일이 생겼을지 모른다며 울적해했다. 그러다 결국 찾은 해결책이 태평사에 불공을 드리러 오는 것이었다. 그럼에도 그녀의 얼굴은 펴지지 않았었다.

한데 오늘은 아침 일찍부터 남궁운비를 깨워 나들이를 가자고 졸라댔다. 표정도 모처럼 밝아 보였고 생기가 넘쳐흘렀다. 그렇게 바삐 한나절을 보냈음에도 그녀는 전혀 지친 기색이 없었다.

오히려 남궁운비가 녹초가 될 지경이었다.

'정말 집에 가면 천이가 기다리고 있지 않을까?'

남궁운비는 고개를 갸우뚱거리더니 급히 사관화의 뒤를 쫓았다.

사관화의 거처인 등화각에 들어선 두 사람은 약속이라도 한 듯 우뚝 멈춰 섰다.

평상시 사관화가 차를 마시던 탁자를 앞에 두고 한 여인이 앉아 있었다. 탁자 위에는 찻잔이 아닌 술잔이 놓여 있었는데, 그녀는 빈 술잔만을 바라본 채 깊은 사색에 잠긴 모습이었다.

삐쭉하니 치솟은 머리카락, 그리고 칠흑처럼 검은 검.

여인은 다름 아닌 남천과 함께 길을 떠났던 등화각의 원 주인인 남궁상연이었다.

"상연아!"

"언니!"

두 사람의 놀란 외침에 그녀는 천천히 고개를 돌렸다.

순간 남궁운비는 가슴이 철렁 내려앉는 기분이었다.

남궁상연의 눈가는 조금이긴 했으나 분명 물기에 젖어 있었다.

'설마!'

그는 놀란 표정으로 사관화를 쳐다봤다.

아니나 다를까, 그녀 역시 남궁상연의 눈물을 본 듯 안색이 창백히 변해 있었다.

남궁운비는 사관화보다 자신이 먼저 물어야 한다고 생각하고는 남궁상연에게 다가갔다.

그는 애써 침착해하며 조심스럽게 말을 꺼냈다.

"왔구나."

남궁상연은 아무런 말없이 고개를 끄덕였다.

남궁운비는 가슴이 타 들어갔으나 오히려 가벼운 미소를

지었다. 이런 때일수록 자신이 침착해야 했다. 그렇지 않으면 사관화가 불안함을 견딜 수 없을 것이다.

그는 의자에 앉아 남궁상연과 마주했다.

"언제 왔어? 생각보다 오래 걸렸네."

"조금 전에 왔어."

"갔던 일은 잘됐나 모르겠다. 한데⋯⋯."

남궁운비는 침이 말랐다. 다음 말을 꺼내야 하는데 쉽게 나오지 않았다. 그녀의 입에서 나오게 될 말이 두려웠다. 그러나 묻지 않을 수도 없었다.

"천이는⋯⋯?"

남궁상연의 눈동자가 가볍게 흔들렸다.

남궁운비는 이번에도 그녀의 변화를 놓치지 않았다. 평상시와 눈에 띄게 다른 모습이었으니.

그녀는 항상 냉정했다. 백부 남궁무상이 죽었다는 소식을 전할 때도 담담했었다. 그러나 지금은 그렇지 못했다.

"그는⋯⋯."

남궁상연은 무언가를 말하려다 다시 입을 다물었다.

그리고 한참 후.

"그는 잠시 일이 있어서 헤어지고, 일단은 나 먼저 돌아왔어."

'거짓말!'

남궁운비는 속으로 외쳤다.

뻔히 보이는 거짓말이다. 그렇지 않다면 왜 그녀는 자신의 눈을 똑바로 바라보지 않을까.

하지만 남궁운비는 애써 끓어오르는 궁금증을 억누를 수밖에 없었다.

"아! 아무튼 바쁜 녀석이네. 기다리는 사람도 있는데 말이야. 그래도 오래 걸리진 않겠지? 내가 며칠 전에 들은 바로는 섬서성(陝西省) 쪽에 있다 했는데."

남궁상연은 그 말에 흠칫 놀라 고개를 치켜들었다.

'섬서성? 언제?

남천이 자신도 모르는 사이에 섬서로 갔다? 그렇다면 정말 죽지 않았단 말인가?

그러나 그녀는 이내 진실을 알아차렸다.

남궁운비가 눈으로 말하고 있었다, 자신의 말에 호응하라고.

남궁상연은 입술을 지그시 한번 깨물고는 고개를 끄덕였다. 그러나 그녀의 손은 미세하게 떨리고 있었다.

"너도 들었나 보네. 맞아. 그곳에서의 일이 급한 바람에 산동에서 헤어졌어."

남궁상연은 뒤늦게 자신의 실태를 깨달았다.

원래는 의연하게 두 사람을 맞이하려 했건만, 술잔을 앞에 두고 보니 뜻대로 되지 않았다.

그와 함께 술잔을 기울이던 때가 떠올랐다.

얼마 되지 않았건만 십 년은 지난 듯했다.

그래서 그만 못난 꼴을 보이고 말았다. 그나마 남궁운비가 도와준 게 다행이었다.

만약 그렇지 않았다면 관화의 얼굴을 어찌 볼 뻔했나.

사관화는 남천이 오지 않으면 죽을 운명이니 말이다.

남궁운비는 사관화를 돌아보고 활짝 웃으며 말했다.

"소저의 말씀이 맞았어요. 오늘 좋은 일이 생길 것 같다 하시더니 정말 그대로네요."

사관화는 여전히 처음 그 자리에 우두커니 서 있다가 그 말을 듣고는 다가왔다.

"언니……."

사관화의 목소리가 조금 떨리고 있었다.

"관화야."

남궁상연의 얼굴에 희미한 미소가 떠올랐다. 그러나 어딘지 모르게 어색했다.

'눈치 챘을까?'

남궁운비는 급히 떠오르는 불안감을 지우고는 사관화의 손을 잡고 의자에 앉혔다.

"이리 앉으세요. 그런데 상연이가 계속 천이와 함께 있다 떨어져서 그런지 안색이 안 좋아 보이네요. 그렇죠?"

남궁운비가 분위기를 바꿔보려는 듯 농담조로 말했으나 사관화는 조용히 남궁상연만 바라보고 있었다.

'이대로는 안 되겠다.'

남궁운비는 마음을 바꿨다.

저 시선을 계속 받고 있으면 남궁상연은 견디지 못할 게 분명했다.

"아, 가주님을 만나뵙고 오는 길이야?"

"아직."

그러자 남궁운비는 마치 기다렸다는 듯이 자리에서 벌떡 일어서며 소리쳤다.

"그럼 안 되지. 가주님께서 네가 오면 찾아오라고 당부하셨단 말이야. 빨리 나랑 같이 가자."

그리고는 사관화를 돌아보며 미안한 표정으로 말했다.

"죄송하지만 먼저 가주님을 뵙고 와야겠습니다. 오래 걸리진 않을 테니 잠시만 기다려 주세요."

사관화는 입을 몇 번 달싹였으나 이내 고개를 끄덕였다.

"자, 얼른 가자."

남궁상연은 남궁운비의 재촉에 어쩔 수 없이 그를 따라나갔고, 그들이 사라진 자리를 묵묵히 바라보고 있던 사관화는 천천히 고개를 떨어뜨렸다.

'천 오라버니…….'

기다란 머리카락이 흘러내려 그녀의 얼굴을 감추었다.

그러나 바닥을 적시고 있는 눈물까지 감추진 못했다.

고개 숙인 그녀로부터 조용한 음성이 새어 나왔다.

"오라버니……."

"도대체 어떻게 된 거야?"
남궁운비는 등화각을 나오자마자 남궁상연을 추궁했다.
"나도 잘 몰라."
"모르다니! 그렇게만 말하지 말고 자세히 설명을 해봐."
화가 나는지 남궁운비의 목소리가 점점 커졌다. 더 이상 남궁상연에게 주눅 들어 있던 예전의 그가 아니었다.
무책임하게 들리는 그녀의 말이 그의 화를 북돋았다.
남천은 사랑하는 사람이 가장 아끼는 이였다. 아니, 그전에 자신의 절친한 친구였다.
지금까지 보아온 남궁상연이었으면 검이라도 뽑아 들었을 태도였지만, 그녀는 인상만 조금 찌푸렸다.
"결투가 있었어."
남궁운비의 눈이 매섭게 빛났다.
"결투? 누구와?"
"가백헌……."
남궁운비의 안색이 일순 돌변했다.
"도대체 왜?"
그는 무심코 묻다 급히 입을 다물었다.
남유의 죽음.
직접적이진 않았으나 남유의 죽음이 쌍하도문과 연관되어

있을 거란 생각이 들었다. 형을 지극히 생각하는 남천이었으니 그대로 넘어가진 않았을 테고, 가백헌이 소문대로의 성격이라면 마다하지 않았을 것이다.

그러나 가백헌은 비무대회에서 우승한 남천이라 할지라도 쉽게 상대할 수 없는 고수, 비록 직접 보진 못했지만 상대가 그였다면 분명 용호상박의 혈투가 벌어졌을 터였다.

남궁운비는 심각한 표정으로 고개를 끄덕이며 중얼거렸다.

"그랬구나……."

그러나 이어지는 남궁상연의 말에 그의 몸은 돌덩이처럼 딱딱하게 굳어버렸다.

"그리고 창해극."

남궁운비는 멍한 표정으로 남궁상연을 바라봤다.

지금 자신이 잘못 들었나?

"무심쌍도 창해극?"

이를 확인이라도 하듯 다시 물었으나 남궁상연은 부정하지 않았다.

"너… 너 미쳤냐?"

남궁운비의 음성이 확연히 떨려 나왔다.

"그 사람과 붙도록 놔뒀단 말이야?"

창해극은 이미 오래전에 절정의 반열에 오른 인물이었다.

그가 만약 육대세가의 일원이었으면 육색용번은 당연히

그의 것이었을 테고, 세월이 흐른 지금은 육대세가를 모두 포함한다 해도 겨우 육대가주 정도만이 그와 상대할 수 있을 것이었다.

승부는 보지 않아도 뻔했다.

가백헌이라면 몰라도 무심쌍도와의 결투는 필패였다.

"그래서 천이는 어떻게 됐는데? 설마……?"

"죽진 않았어. 부상을 당하긴 했지만."

"……?"

"하지만 부상을 당한 채 벼랑으로 떨어졌고, 그 뒤로 지금까지……."

"죽지 않았어?"

남궁운비는 그녀의 뒷말보다 그와의 싸움에서 남천이 목숨을 잃지 않았다는 사실이 더욱 놀라웠다.

창해극은 상대가 무인이든 아니든 절대 살려두는 법이 없었다. 그런데도 남천을 죽이지 못했다? 그의 상식으로는 절대 있을 수 없는 일이었다.

남궁상연은 그가 무슨 생각을 하는지 알고는 고개를 끄덕였다.

"싸움은 네 생각과는 달리 호각지세였어. 그 와중에 가백헌은 팔이 잘리고 창해극은 발목이 잘렸지만 남 소협도 큰 부상을 입었어."

그녀는 차마 쌍도에 남천의 가슴이 꿰뚫렸다는 말을 하진 못했다.

"바로 조치를 취하면 목숨을 건질 수 있을 정도의 상처였는데 사라져 버리는 바람에……."

'창해극의 다리를 잘라?'

남천이 청해의 끝자락에 이르렀다는 사실을 알지 못한 그로서는 당연히 드는 의문이었다. 그가 마지막으로 남천을 본 것은 비무대회가 막 끝나고 나서였으니.

하지만 직접 본 남궁상연의 말을 믿지 않을 수도 없었다.

"그럼 절벽 아래도 조사해 본 거야? 거기에도 없었어?"

"며칠을 뒤졌지만 찾지 못했어. 그래서 혹시 이곳에 왔나 싶어 돌아온 거야."

남궁운비는 허탈했다. 그녀의 말은 결국 남천의 생사유무를 모른다는 뜻이었다.

하지만 그런 자신보다도 더욱 힘들어하는 이가 있었다.

눈앞에 있는 남궁상연이다. 여인답지 않게 항상 의젓하면서도 패기가 느껴졌던 그녀가 오늘은 일개 처자보다 못해 보였다.

그는 그녀의 심정을 이해할 수 있었다.

만약 사관화가 남천처럼 사라졌다면 자신은 미쳐 버리고 말았을 것이다.

남궁운비는 남궁상연의 어깨를 다독였다.

"힘내. 아직 확인된 건 아니니까. 그리고 이유는 모르겠지만 그 녀석이 죽었으리란 생각은 들지 않는다. 강호에 나와서 지금까지 그 녀석은 운이 좋은 편이었잖아?"

남궁상연은 그의 위로에 희미하게 웃었다.

그의 말이 큰 힘이 되진 못했지만 위안은 삼을 수 있었다.

남궁운비는 갑자기 히죽 웃으며 밝은 목소리로 말을 이었다.

"그나저나 창해극과 맞붙다니 못 보던 새에 무공이 많이 늘었나 보네. 너나 나로선 이제 따라잡을 엄두도 못 내겠다. 아무리 생각해도 친구 하나는 잘 사귄 것 같아. 흐흐."

남궁상연은 그 말이 우스운지 피식 웃었다.

"남 소협이 처음부터 너보다는 나았어."

"어이구, 그래, 네 말이 맞다. 원래부터 난 상대가 안 됐지. 한데 이제부턴 어쩔 셈이야?"

"음……."

남궁상연은 잠시 생각하는 듯 하다가 고개를 들었다.

그녀의 얼굴엔 근심이 많이 사라져 있었다.

절대 그는 죽지 않았을 것이다. 그런 예감이 남궁운비와 대화 중에 뚜렷하게 들었다. 그의 말대로 남천은 과거에도 힘든 고난을 잘도 이겨내지 않았던가.

"해야 할 일이 있어. 되도록 남 소협이 오기 전까지 끝내야만 할……."

남궁상연의 눈은 예리하게 빛나고 있었다.

그날 이후 남궁상연은 한 달을 하루처럼 바쁘게 보냈다.

육대세가에 육색용번의 힘을 빌어 금난영을 찾아달라 부탁하고, 수시로 개방과의 연락을 통해 진행 상황을 확인했다.

또한 세가 사람을 보내 남천이 사라진 뇌한산을 이 잡듯이 뒤졌으며, 몇몇을 대기시켜 놓기까지 했다.

그러면서도 무공 수련을 게을리 하지 않았다.

사실 남천을 만나고부터는 수련을 제대로 하지 못했다. 고작해야 현 상태를 유지하는 정도일 뿐.

그러나 그 대가가 어떤 것인지를 뼈저리게 느꼈다.

만약 자신이 남천을 도울 실력만 되었다 한들 그가 그런 꼴을 당하지는 않았으리라.

때문에 그녀는 매진했다. 그가 돌아왔을 때 짐이 되지 않도록.

그렇게 시간은 빠르게 흘러갔다.

                    *   *   *

찌는 듯이 더웠던 여름도 한풀 기가 꺾여 어느새 서늘한 바람이 간간이 불어오고 있는 초가을.

사천당가의 내원와 외원을 잇는 정문 안에는 많은 사람들이 열을 맞추어 선 채 정문을 바라보고 있었다. 벌써 오랜 시간을 그렇게 서 있는 듯 몇몇 사람들은 웅성거렸으나 대부분은 긴장 어린 표정들이었다.

이들은 대부분 당가의 정통을 잇는 식솔들로 그중엔 당옥도 끼어 있었다.

그때 문밖으로부터 커다란 고함 소리가 들려왔다.

"도착하셨습니다!"

그 말에 모두는 자세를 단정히 했고, 얼마 지나지 않아 정문이 천천히 열리기 시작했다.

그리고 서서히 모습을 드러내는 사내.

헐렁한 금의장포를 입은 그는 보는 사람이 지루할 정도로 천천히 걸어오고 있었다.

"감축드립니다."

기다리고 있던 모든 사람들의 허리가 숙여졌다.

하나 그는 이런 반응이 못마땅한지 살짝 인상을 찌푸렸다.

"형님!"

당옥이 재빨리 앞으로 뛰어나오며 환히 웃었다.

"축하드립니다, 형님. 드디어 출관하셨군요."

"네가 시켰느냐?"

그의 음성에는 강한 질책이 담겨 있었다.

"물론 저도 동참하기는 했으나, 어디까지나 이는 아버님의 분부셨습니다."

"흠."

당옥이 형님이라 칭한 사내, 그는 다름 아닌 당자성이었다.

무신 당예문의 진전을 잇고자 수련을 한 그가 이제야 모습을 드러낸 것이다.

당자성은 조그만 한숨과 함께 머리를 저었다.

그는 아버지의 심정을 이해하기는 했으나 이런 부담스런 환대는 결코 그가 원한 것이 아니었다.

당예문은 이때껏 후인을 두지 않았었다. 그러던 차에 장자인 당자성이 그의 무공을 익히고 하산한 것이니 가주의 기쁨이 얼마나 클지는 누구나 짐작할 수 있었다.

"아버님은 어디 계시느냐?"

"지금 해무각에 계십니다."

그는 고개를 끄덕이더니 올 때와는 달리 빠르게 내원 안으로 사라졌다.

당자성이 해무각에 들어서자 당진림은 태사의에 앉아 있던 몸을 일으켜 그를 맞이했다.

"왔느냐?"

비록 짧은 말이었지만 그 속엔 아들에 대한 뿌듯함이 담겨 있었다.

"소자, 아버님을 뵙습니다."

당진림은 자세히 그를 내려다보다 갑자기 커다란 웃음을 터뜨렸다.

"하하하. 지난번에 찾아왔을 때와는 천양지차구나. 좋군, 좋아."

그의 웃음은 멈출 줄 몰랐다.

"그래, 네 할아버님의 무공을 익힌 소감은 어떠냐?"

"아버님 말씀대로였습니다."

당자성은 다소 쑥스런 표정이었다.

당예문을 만나 그의 성명절기로 알려진 천비광섬을 본 당자성은 한때 실망감을 감추지 못했었다.

그러나 당진림으로부터 그의 진정한 무공이 천비광섬이 아님을 듣게 되었고, 그의 진재실학을 접하면서부터 모든 것을 다시 보게 되었다.

당진림은 흐뭇한 미소와 함께 아들의 어깨를 두드렸다.

"이젠 언뜻 보아도 자신감이 넘쳐흐르는구나. 당가인이라면 당연 그래야만 한다."

"아버님."

"왜 그러느냐?"

"그는… 지금 어디 있습니까?"

당진림의 표정이 묘하게 변했다.

"패검무자 말이냐?"

"그렇습니다, 아버님."

당진림은 곱게 기른 턱수염을 쓰다듬더니 아들의 눈을 똑바로 들여다보았다.

"너의 머릿속에는 오로지 그밖에 없는 것 같구나. 하지만 아무래도 다른 일부터 하는 게 나을 듯싶다."

당자성은 그의 말에서 이상한 기운을 느끼고는 급히 되물었다.

"제가 없는 사이 혹 무슨 일이라도 있었습니까?"

"흠… 그게 말이다. 근래에 들리는 바로 그 아이는 죽었다고 하던데……."

"……!"

당자성의 몸이 한차례 미미하게 떨렸다.

자신이 당예문의 후인을 자청한 것은 전적으로 그에게 당한 패배 때문이었다. 한데 이미 죽었다?

"너의 상심이 크리라 생각되지만 앞으로도 할 일이 많이 남아 있으니 굳이 그 일에 매달릴 필요는 없다."

당진림은 달래듯이 말했으나 당자성의 귀에는 들어오지 않았다.

'죽어? 이대로 아무것도 못해보고 패배자로 남은 채 살아가라고?'

그는 허락할 수 없었다.

적어도 이렇게 끝낼 수는 없었다.

"누굽니까? 그를 죽인 사람이?"

"글쎄다. 나도 자세히는 모르겠다, 옥이에게 들은 것이라서."

당자성은 그말에 잠시 생각하는 듯하다가 허리를 숙였다.

"죄송하지만 옥이를 만나봐야겠습니다."

그리고는 급히 신형을 돌려세웠다.

당진림은 차마 그런 아들을 말릴 수 없었다. 그가 느낀 상실감이 얼마나 큰 것인지 알 수 있기 때문이다.

당자성은 해무각을 나온 지 얼마 되지 않아 문 앞에서 서성이고 있는 당옥을 발견했다.

당옥은 마침 당자성을 기다리고 있었던 듯 그를 보자마자 부리나케 달려왔다.

"아버님은 뵈셨습니까?"

"그래. 그런데 패검무자에 대한 소식을 들었다. 어찌 된 것이냐? 아버님은 네게 물어보라 하시던데."

"그 일이라면 제가 잘 알고 있지요."

당옥의 얼굴에 비웃음과 같은 가느다란 미소가 떠올랐다.

"뭐 간단히 말하자면 자기 혼자 설치고 돌아다니다가 임자를 만난 격이지요."

"무슨 뜻이지?"

"형님께서도 그가 일수만병파의 제자랍시고 이곳저곳을 들쑤시고 다닌 사실은 알고 계시지요?"

당자성은 그말에 동감하진 않았지만 가볍게 고개를 끄덕

여 주었다.

남천이 여러 가지 일에 끼어든 것은 맞지만, 자신의 이득을 위해서가 아니었다. 게다가 강호인이란 원래 호기심이 많은 부류이긴 했지만 그렇다고 해서 제 목숨 귀한 줄 모르는 이들은 아니었다.

하지만 패검무자는 달랐다.

그는 어찌 보면 가장 이상적인 강호행을 하던 중이었다. 어렸을 당시엔 누구라도 꿈꾸어 보았을 만한 강호행.

바로 협의지도를 따르는 것이다.

"그럼 혹시 사도의 무리의 손에 그가 봉변을 당했느냐?"

패검무자를 죽일 만한 자들이 쉽게 떠오르지 않은 당자성은 크게 묶어 물었다.

그러나 당옥은 피식 웃었다.

"그는 사도의 손에 당하게 아닙니다. 그는 쌍하도문의 해극 형님과 백헌 형님에게 죽었습니다."

당자성의 몸이 한차례 부르르 떨렸다.

그는 동생을 똑바로 쳐다보며 다시 물었다.

"무심쌍도 말이냐?"

"그렇습니다."

"어떻게 해서 그들이 나서게 된 거지?"

"당연한 이야기지요. 형님께서도 패검무자를 보셨으니 아시겠지만 좀 재수없어 보이지 않았습니까? 저 또한 그리 느꼈으니 당연 그 두 사람의 눈에도 그리 보였겠지요. 게다가 쌍하도문주와 일수만병파는 원래부터 사이가 안 좋았으니까요."

"그게 그를 죽인 이유냐?"

당자성의 음성에 은은한 노기가 서렸다.

귀한 사람 목숨을 그런 이유로 앗아간다면 이 세상에 살아 있을 사람이 과연 몇이나 되겠는가?

하나 당자성의 기분을 아는지 모르는지 당옥은 크게 고개를 끄덕였다.

"충분한 이유가 되지요. 사부의 잘못은 제자가 갚아야 하지 않겠습니까?"

"당옥!"

당자성은 참지 못하고 소리쳤다.

"일수만병파가 쌍하도문에 무슨 잘못을 했느냐? 그는 자기 길을 가는 사람이다. 그리고 만에 하나 그에게 과오가 있다면 본인을 찾아가 해결해야지, 그 제자를 노리다니. 이는 비겁하기 짝이 없는 짓이다."

"뭐 어떻습니까? 다 한통속인데."

당자성은 말귀를 못 알아듣는 동생을 매서운 눈으로 쏘아보았다. 사위를 얼려 버릴 듯한 무서운 눈빛, 그럼에도 당옥은 한 치의 흔들림도 없었다.

당자성은 한동안 노려보다 불쑥 물었다.

"그런데 네가 언제부터 그들과 호형호제하는 사이가 됐지?"

원래 쌍하도문과는 별다른 왕래가 없었다. 한데 동생은 마치 그들을 잘 아는 듯하지 않은가?

"아버님께 아무런 말씀도 듣지 못하셨습니까?"

당옥의 되물음에 그는 고개를 저었다.

"저런, 그럼 아무것도 모르시겠군요. 이제 형님께서도 그쪽과 잘 지내야 할 것입니다."

"……?"

"쉽게 말하자면 우리 당가와 쌍하도문은 이미 한 식구가 되었답니다."

"한 식구?"

"그렇습니다. 때문에 제가 말한 이야기도 모두 두 형님께 직접 들은 것입니다."

당자성의 얼굴이 찌푸려졌다.

예전부터 그는 쌍하도문에 대해 좋지 않은 생각을 품고 있었다. 특히 쌍하도문주의 삼제자인 가백헌은 망나니와 다름 없었고, 이제자인 창해극은 살인마라 불려도 아무 이상이 없을 정도였다.

그런 그들과 한 식구라니. 당자성의 마음이 편할 리 없었다.

"아버님의 뜻이냐?"

"정확히는 할아버님의 뜻입니다."

당자성은 의외의 말에 두 눈이 커다래졌다.

"할아버님이 직접 나서셨단 말이냐?"

당자성은 그를 빤히 쳐다보다 갑자기 낭랑한 웃음을 터뜨렸다.

"하하하. 형님께선 정말 둔하십니다. 그분께 가르침을 받으면서 어찌 이리 모를 수가 있습니까?"

당자성은 당혹스러웠다.

그는 오로지 무공만을 익혔지, 그 외의 대화는 당예문과 나눠본 적이 없었다. 자신이 그러는 사이 이런 일이 생기다니.

"잘은 모르겠지만, 할아버님께서는 예전부터 쌍하도문주와 모종의 이야기가 있으셨던 듯싶습니다. 어느 날 갑자기 이리 됐거든요. 그리고 뭐……."

당옥은 하얀 이를 드러내며 환히 웃었다.

"그 형님들도 좋은 분들인 것 같고 말입니다. 잘된 일이지요."

"쌍하도문과 손을 잡고 무슨 일을 하시려고 하는지 너는 아느냐?"

"글쎄요. 윗줄에서 결정하시는 일이라 잘은 모르겠지만, 강호를 노려보는 것도 불가능하진 않겠지요. 쌍하도문과 우리 당가의 힘이라면 가능하지 않겠습니까? 이미 쌍하도문은 강북 전체에 힘을 드리우고 있으니까요."

"그게 말이 된다고 생각하느냐?"

"안 될 건 또 뭐 있습니까?"

당옥의 음성은 단호했다.

당자성은 할아버지의 결정이 안타까웠다.

강호는 결코 몇몇 사람의 소유가 될 수 없다. 그 많은 사람들의 위에 군림하는 것도 불가능했다. 이는 하늘을 뒤덮을 만한 절세의 고수라 해도 마찬가지였다.

무공이 높다고 해서 어찌 모든 사람들을 아우를 수 있겠는가?

한데 이미 무신이라 불리고 있는 두 사람이 왜 이런 무리한 수를 두려는 것일까?

당자성은 지금 벌어지고 있는 일들을 도무지 이해할 수 없었다.

당자성은 동생을 내려다봤다.

'어리석은 녀석……'

그렇지만 당자성은 자신의 생각을 입 밖으로 내진 않았다.

그는 화제를 돌렸다.

"패검무자는 죽은 게 확실하냐?"

"해극 형님의 일도를 받고 벼랑으로 떨어졌다 했으니 확실합니다. 그리고 만약 살아 있다면 지금까지 나타나지 않을 리가 없지요."

그 말에 당자성은 눈이 한차례 번뜩였다.

'그렇다면!'

"그 벼랑이 어디지?"

"잘 기억이 나지 않네요."

"오늘 중으로 알아와라."

그 말을 끝으로 당자성은 몸을 돌렸다.

뒤에서 당옥이 다급하게 소리쳤다.

"형님! 어쩌시려고요?"

당자성은 걸음을 멈추지 않은 채 걸어가며 단호하게 말했다.

"내가 그리 갈 것이다."

"쓸데없는 짓입니다. 그는 이미 죽었어요. 벌써 몇 개월이나 흘렀다고요."

그러나 그는 동생의 말에 아랑곳하지 않고 사라져 갔다.

뒤에 남은 당옥은 한참을 그의 뒷모습만 바라보다 조용히 중얼거렸다.

"뭐 상관없겠지. 만약 살아 있다 해도 다시 죽이면 그만이니……."

＊　　　＊　　　＊

섬서성 함양.

강호인치고 쌍하도문의 본문이 있는 함양을 모르는 사람은 없었다.

특히 얼마 전에는 함양에 대한 강호인들의 관심이 더욱 집중되었다.

패검무자의 죽음.

창해극의 일도에 몸이 갈라져 죽었다는 소문이 강호에 널리 퍼져 있었고, 일수만병파를 아는 사람들은 그가 반드시 쌍하도문을 찾으리라 생각했다. 그가 제자의 죽음을 도외시할 리 없기 때문이다.

그리고 좀처럼 보기 힘든 혈투가 일어나리라 예상했다. 그러나 그들의 바람은 빗나갔다.

일수만병파는 쌍하도문을 찾지도 않았을 뿐더러 그의 종적조차 묘연했다. 또한 그와 연관이 있는 육대세가에서도 아무런 반응이 없었다.

사람들은 대문파를 상대로 혼자의 힘으로는 무리인 듯싶어 그가 나타나지 않는다 생각하게 되었다. 혹자는 그가 이미 죽은 게 아닐까 하는 추측마저 하였다.

그가 법왕의 제자를 상대하러 이미 중원을 벗어난 사실을 모르는 그들로서는 당연한 추산이었다.

쌍하도문의 여러 전각들 중에서 회색빛의 멋들어진 처마를 뽐내는 삼층 전각.

온갖 책이 벽면을 가득채우고 진한 묵향이 가득한 방에서 팔자수염을 곱게 기른 중년인이 세필을 적고 있었다.

쌍하도문의 대내외 정보를 책임지는 방학기(傍學己)였다.

최근 들어 그는 무척 바빠졌다. 당문과 손을 잡은 후부터 그의 일손은 배로 늘었다.

당문과는 가까운 거리가 아니었고, 그런 그들과 신속한 연락을 취하기 위해서는 많은 인원들이 동원될 수밖에 없었다.

그는 문득 고개를 들어 창밖을 바라봤다. 어느 때처럼 노을이 질 시간.

그의 얼굴에 희미한 미소가 떠올랐다.

'나를 반겨주는 것은 노을밖에 없구나.'

방학기는 몸이 뻐근한지 목을 주물렀다. 바로 그때,

쾅!

방문이 거칠게 열리며 한 사람이 들어섰다.

그의 얼굴에 떠올랐던 엷은 미소가 씻은 듯이 사라졌다.

기별도 없이 무례하게 들어온 이는 가백헌이었다.

그는 얼굴을 붉게 물들인 채 거친 숨을 몰아쉬고 있었다.

방학기는 남천에게 잘려 팔이 없는 가백헌의 한쪽 소매를 잠시 바라보다가 얼굴을 찡그렸다.

'멍청한 놈.'

그는 자신의 주군인 반고에게는 충심을 가지고 있을지언정 그의 제자들에게까지 그런 것은 아니었다.

특히 저 가백헌은 멍청하기 짝이 없어 항상 문제만 일으켰다.

얼마 전에는 일수만병파의 제자를 자신이 죽였다고 떠들

어대기도 했다. 다행히도 아직까진 별일이 일어나지 않았지만 그 여파가 어떨지 전혀 생각해 보지 않은 게 분명했다.

'주군께선 왜 저런 놈을 제자로 맞아들이신 건지…….'

그는 절레절레 고개를 저었다.

그러나 그와 가백헌은 동등한 신분이었다. 하니 무시할 수만은 없는 법. 먼저 말문을 연 것은 방학기였다.

"무슨 일이오?"

"이게 뭐요?!"

가백헌은 한 장의 서찰을 방학기의 눈앞으로 들이밀며 거칠게 소리쳤다.

방학기는 서찰로 눈길을 돌리더니 안색이 급변했다.

그가 들고 있는 것은 자신의 허락이 없으면 보지 못하는 문서 중의 하나였다.

"그게 왜 공자의 손에 있는 것이오?"

"내 말에 먼저 대답하시오!"

가백헌은 방학기의 말이 들리지 않는지 버럭 소릴 질렀다.

'이놈이!'

방학기의 눈썹이 하늘로 곧장 솟구쳤다.

생각 같아서는 당장에 요절을 내고 싶었다. 그러나 가백헌은 문주의 제자, 그가 함부로 할 수 없는 인물이었다.

억지로 화를 눌러 참은 방학기는 씹어뱉듯 말했다.

"읽어보셨으면 알지 않소."

"그럼 방 각주는 이 내용을 알면서도 가만히 있었던 거요?"

"공자가 신경 쓸 일은 아니오."

"뭐요?"

가백헌은 분노로 몸을 푸들거렸다.

"이런 듣도 보도 못한 하찮은 문파에게 멸시를 당하고도 가만히 있을 수 있소? 그러고도 당신이 본문의 사람이오?"

"그들도 그들 나름의 이유가 있어서 그런 것이오. 그리고 그 서찰의 내용이 우릴 멸시했다고는 생각되지 않소만."

시큰둥한 태도의 방학기를 야멸치게 노려본 가백헌은 서찰에 쓰여진 글을 큰 소리로 읽었다.

"귀문에 심히 유감이오. 도의를 저버리는 행동이……."

그는 다시 방학기를 노려보며 소리쳤다.

"이런 말이 우릴 무시하지 않았다고 할 수 있는 것이오? 한낱 세류검문 따위가?"

"그럴 사정이 있다 하지 않았소?"

방학기도 지지 않고 그를 노려보았다.

가백헌이 들고 있는 것은 오래전 세류검문주 초취산이 보낸 서찰이었다.

당시 초취산은 쌍하도문의 제자들이 영약을 얻고자 세류검문을 속인 일에 대해 항의 차원에서 서찰을 보냈었다.

이에 방학기는 몇몇 문도가 제 욕심을 채우기 위해 저지른

일임을 밝혀냈고 그들은 응당의 처분을 받았다. 그리고 세류검문에 대해서는 딱히 이렇다 할 대응 없이 그대로 묻어놓았다. 한데 어떻게 서찰을 발견했는지 그 사실을 안 가백헌이 저리 날뛰고 있었으니 방학기로선 답답한 노릇이었다.

"사정 따윈 듣고 싶지 않소. 그렇지 않아도 우리 쌍하도문을 우습게보는 이들이 있는 것 같아 마음이 편치 않았는데 마침 잘되었소. 세류검문인지 뭔지를 본보기로 없애야겠소."

"공자!"

"당신도 일처리를 똑바로 할 필요가 있소. 이런 자들에게조차 우습게 보여서야 우리가 뭐가 되겠소?"

"지금은 공자가 나설 때가 아니라 하지 않았소!"

"아니. 그건 당신의 생각일 뿐이오. 어찌 됐든 난 이대로 두고 볼 수 없으니 방 각주는 상관치 마시오."

가백헌은 방학기의 말은 더 이상 듣고 싶지 않은 듯 그대로 밖으로 나가 버렸다.

혼자 남은 방학기는 한동안 멍한 표정으로 있다가 의자에 털썩 주저앉았다.

"휴우. 가뜩이나 골치 아픈 일이 많은 터에……."

저렇게 일일이 대응하다가는 쌍하도문과 같은 큰 문파를 이끌어 나갈 수 없었다.

가백헌은 이런 간단한 이치도 모르는 것일까?

그는 고개를 설레설레 저었다.

"한심스런 일이야."

방학기는 예전에 조사한 세류검문에 대한 정보를 떠올렸다.

문주를 제외하고는 고수가 없는 문파. 아니, 문주 역시 고수라 하기엔 다소 모자랐다.

'별일은 없겠지…….'

가백헌이 비록 어리석다지만 어디까지나 무신의 제자. 그 혼자서도 세류검문을 멸문시킬 수 있을 정도의 고수였다.

방학기는 애써 방금 전의 일을 잊으며 다시 세필을 집어 들었다.

第四十一章

재출강호(再出江湖)
—남천은 다시 강호로 나가고

藍天俠傳

俠

남천은 동굴 입구에 서 있었다.

두 벼랑이 마주하는 곳이라 어둡기는 했지만 전혀 빛이 없는 건 아니었다.

그런 어렴풋한 빛을 받으며 남천은 고개를 치켜들었다.

아련하게나마 절벽 끝으로 푸른 하늘이 보이는 듯했다.

'소저……'

남천은 주먹을 힘껏 쥐었다.

그날의 일이 머릿속을 스쳐 갔다.

마지막 순간에 강서백의 세영파창을 보았으니 그녀는 분명 살아 있을 터다. 그러나 불안한 마음이 없을 순 없었다. 자신이 직접 지켜주지 못한 것에 대한 죄책감이 어우러져 그의 마음을 후벼팠다.

'이제 갑니다.'

남천은 눈을 질끈 감았다 떴다.

그때 뒤에서부터 사람의 말소리가 들려왔다.

"준비는 됐느냐?"

뒤돌아본 남천의 눈에 화주린의 모습이 들어왔다.

그는 활짝 웃고 있었다.

남천의 얼굴에도 어렴풋이 미소가 떠올랐다.

"훗. 나가게 되니까 좋은가 보구나."

"그렇긴 합니다만 어찌 어르신에 비하겠습니까?"

"지금까지 네가 한 행동들을 보면 나보단 네가 더 오늘을 기다린 게 분명하다."

남천은 화주린의 주름진 얼굴을 올려다보며 머쓱한 표정을 지었다.

그가 화주린과 함께한 지 벌써 넉 달이 넘었다.

그동안 얼마나 나가고 싶었던가.

남천은 한시라도 빨리 벗어나고 싶어했다. 물론 화주린과의 수련을 통해 무공이 진보하는 것도 중요했지만 그보다는 해야 할 일이 있어서였다.

그러나 화주린은 남천의 말에 꿈쩍도 하지 않았다. 자신의 마음에 들 때까지는 절대 안 된다며 허락하지 않았다.

그가 허락하지 않는 이상 남천에겐 선택의 길이 없었다. 그의 손아귀를 벗어날 수단 자체가 없었기 때문이다.

결국 자신의 의사와는 상관없이 남천의 수련은 계속됐고, 어제에 이르러서야 겨우 화주린은 흡족한 표정을 지으며 하산을 승낙했다.

그러나 떠나는 사람은 남천만이 아니었다. 화주린 역시 만고사독을 해독했으니 더 이상 이곳에 남아 있을 필요가 없었다.

"만족하냐?"

뜬금없는 화주린의 말임에도 남천은 그 뜻을 알았다.

"모든 게 어르신 덕분입니다."

"흐흐. 네가 그런 말 안 해도 나 잘난 줄은 이미 잘 알고 있다. 하지만 너도 꽤 괜찮더구나. 이상하게도 너의 신체와 자질은 일수만병파의 무공을 익히기에 적합했어. 하지만 네가 만약 나의 정식 제자가 되고자 했다면 난 허락하지 않을 것이다."

"그렇습니까?"

"이놈! 이유를 묻지도 않는구나."

화주린은 성난 표정으로 버럭 소리쳤다. 그러나 이미 이런 종잡을 수 없는 성격을 익히 대해온 남천은 부드러운 미소를 지었다.

"왜인가요?"

"흠흠. 억지로 받아내자니 영 께름칙하군. 어찌 됐든, 그 이유는 말이다. 넌 재미가 없어. 자고로 사부와 제자는 적게는 몇 년에서부터 많게는 수십 년을 붙어 있어야 하는데 너 같은 제자와 살자면 어찌 지루하지 않겠느냐?"

대놓고 무안을 주는데도 남천은 예의 미소를 지우지 않은 채 고개를 끄덕였다.

"어르신의 마음을 이해합니다. 전 그런 말을 많이 들어왔거든요."

화주린은 어처구니없다는 표정으로 한참을 쳐다보다 절레절레 고개를 저었다.

"역시 넌 재미없어."

"그럼 이제 올라갈까요?"

남천은 넌지시 물었다. 지금 자신은 한시가 급했다.

"좋다. 어차피 나도 이곳이 지긋지긋했다. 예전엔 몰랐는데 막상 떠나려고 마음먹으니 한시도 있기 싫구나."

그는 성큼 한 걸음 옮겨 동굴 입구 쪽에 바짝 다가섰다.

"올라갈 수 있겠느냐? 너의 신법은 한 번도 보지 못해 믿을 수가 없는데……."

화주린의 다소 의심쩍은 물음에 남천은 다시 한 번 고개를 들어 벼랑을 올려다봤다.

벽면이 미끄러워 보이진 않았지만 워낙 수직으로 솟아 있어서 위험하기 짝이 없었다.

그러나 남천의 대답은 명료했다.

"물론입니다."

예전이었으면 불가능했을지도 모르나 지금은 아니었다.

동굴 안이라 신법을 시험해 보긴 힘들었지만 화주린의 가르침은 근본적으로 무공의 본질을 논한 것인지라 신법이라 해도 적용하기에 큰 어려움은 없었다.

"그럼 나 먼저 간다."

그와 함께 화주린은 동굴 밖으로 신형을 날렸다.

휘이잉!

그가 허공에서 몸을 비틀며 손을 휘젓자 세찬 바람이 일어나며 일 장쯤 허공으로 신형이 떠올랐다.

그리고 벽과 가까워지자 날벌레를 잡듯 한 손으로 가볍게 쓸어내렸다.

쉬이익!

믿을 수 없게도 그의 신형이 십여 장 가까이 솟구쳤고, 재차 손짓에 다시 한 번 그만큼 떠오르더니 금세 까만 점으로 사라져 버렸다.

'저게 어르신의 신법?'

남천은 생전 처음 보는 괴상한 신법에 입이 떡 벌어졌다.

저건 신법이 아니라 수법이었다.

우아하지도 멋있지도 않은 무공이었지만 이런 절벽을 타는데 있어 저만큼 효율적인 신법을 찾기도 쉽지 않을 것이다.

남의 눈을 전혀 의식하지 않고 적절한 무공을 사용하는 것, 이게 화주린의 장점이라면 장점이었다.

남천은 사라져 가는 화주린의 모습을 보며 묘한 미소를 떠올렸다.

'질 순 없지.'

자신이 익힌 무공도 화주린과 같이 무신이라 불리는 이의 무공. 더구나 빠르기로 신풍광비보를 능가하는 신법은 천하에 없었다.

콰앙!

남천이 서 있던 동굴 입구가 굉음을 내며 터져 나감과 동시에 하나의 신형이 마치 포탄처럼 하늘로 솟구쳤다.

쉬아아악!

남천의 신형은 먼저 올라간 화주린보다 배는 빨랐다.

비록 한 번의 도약에 칠 장 정도로 화주린엔 못 미쳤지만 결정적으로 속도가 달랐다.

또한 도약력 자체가 측량할 수 없을 정도로 강대하여 남천의 발에 닿은 단단한 암석은 모래 부스러기가 되어 떨어져 나갔다.

콰콰쾅!

"엇!"

자신을 향해 다가오는 무시무시한 소리에 아래를 내려다보던 화주린은 자신도 모르게 외마디 소릴 질렀다.

그의 눈에 무시무시한 속도로 올라오는 남천의 모습이 들어왔다.

이어 그의 신법을 게슴츠레한 눈으로 살핀 화주린은 반색을 하며 크게 소리쳤다.

"신풍광비보로구나!"

그가 놀라고 있는 사이 남천은 화주린을 따라잡았다.

"저 먼저 갑니다, 어르신."

남천의 음성이 화주린의 귓가에 들렸다 싶은 순간 어느새 그의 신형은 저 멀리 멀어져 갔다.

"저놈이!"

쉬아앙!

그는 뒤늦게 속도를 배가했지만, 이미 남천을 따라잡기엔 역부족이었다.

절벽 위에 올라섰을 때 그의 눈앞엔 남천이 웃는 얼굴로 서 있었다.

"오셨습니까?"

"그래 왔다! 늙은이를 따돌리니깐 좋더냐?"

"그럴 리가 있겠습니까. 제 마음이 너무 급한 나머지 본의 아니게 그리된 것이지요."

"흥! 네놈 속은 다 안다. 지난 동안 내게 달달 볶여서 복수하려던 것이겠지. 무슨."

남천은 슬며시 미소를 띠며 고개를 돌렸다.

그의 말이 어느 정도는 사실이었기 때문이다.

"그런데 놀랍구나. 일수만병파의 신법은 제대로 본 적이 없어 확인을 못했건만, 이미 오래전에 절전되었다 알려진 신풍광비의 절공이 그에게 이어져 있을 줄이야. 솔직히 말하자면 오래전부터 탐내오던 신법이었는데……."

화주린의 눈빛이 갑자기 번뜩이는 것을 본 남천은 재빨리 말을 가로챘다.

"어르신께선 이제 어디로 가실 생각입니까?"

"흥! 내 옆에 있더니 눈치만 늘었구나. 어찌 됐든 나중이라도 반드시 신풍광비보에 대해 나와 깊은 의견을 나눠야만 할 게야. 흐흐."

"명심하겠습니다."

"그리고 내가 어디로 갈지는 너도 알잖느냐. 당연히 당예문, 그 늙은이를 찾아가야지."

"그러시다면……."

"너는 걱정할 필요 없다. 그 늙은이가 네 목숨을 노렸던 대가는 내가 톡톡히 받아낼 테니 말이다."

그는 남천의 머리를 쓰다듬으며 말을 이었다.

"당예문은 앞으로 강호에 모습을 드러내지 못할 것이다."

"하면 어르신께서 위험하지 않겠습니까?"

"당가에서 나를 어찌할까 봐 걱정되느냐? 당예문이 비록 못된 마음을 품었다고는 하나 나와의 약조를 어길 만큼 소인 배는 결코 아니다."

남천은 불안함이 완전히 사라진 건 아니었지만 무신이라 불리는 사람들이니만큼 쉽게 허언을 하진 않을 것이라 생각했다. 눈앞에 있는 화주린도 당예문과의 내기로 인해 십 년이나 동굴 안에서 지내지 않았는가.

"그럼 여기서 헤어져야겠군요."

"그래. 너는 찾을 사람이 있다고 했으니 그 일만으로도 바쁘겠구나. 꼭 찾기를 바라겠다."

"감사합니다, 어르신."

"그럼 잘 가라."

화주린은 신형을 돌리더니 미련없이 서쪽으로 걸어갔다.

남천은 잠시 머뭇거리다가 이내 크게 소리쳤다.

"어르신을 뵈려면 어디로 찾아가야 됩니까?!"

"태원 하선곡으로 오면 된다. 하지만 육 개월 후에나 와. 그전에는 없을 테니."

그는 고개도 돌리지 않은 채 말하고는 그대로 산을 내려가 버렸다.

남천은 그의 모습이 사라진 후에도 한참이나 응시하고 있다가 느릿하면서도 한없이 정중하게 포권을 취했다.

비록 정식으로 사승을 이은 것은 아니나 그는 또 다른 사부와 다름없었다.

'반드시 후일 사부님과 함께 찾아뵙겠습니다.'

남천은 산을 내려오자마자 수소문 끝에 개방의 정주 분타를 찾았다. 정주 분타는 예상과는 달리 자그마한 초가집으로 다 허물어져 가는 사립문 하나가 입구를 대신하는 초라한 곳이었다.

남천은 마침 문 앞에 쭈그려 앉아 있는 스물을 넘지 않았음직한 개방도에게 죽지패를 보여주고 신분을 밝히자 흠칫하더니 급히 안으로 뛰어들어 갔다.

잠시 후 방도들과 정주 분타주 서장명이 모습을 드러냈다.

그는 사십대 초반으로 외모는 비교적 준수한 편이었고, 옷은 여기저기 기운 자국이 있지만 나름 깨끗하게 손질하여 군더더기가 없어 보였다.

"처음 뵙겠소, 남 소협. 소문은 많이 들었소이다. 나는 이곳 정주를 책임지고 있는 서장명이라 하오."

그는 가볍게 포권을 취해 예를 표하고는 곧바로 남천을 안으로 안내했다.

겉으로 드러나는 서장명은 매우 침착해 보였으나 사실 그의 속마음은 터질 듯이 두근거리고 있었다.

죽었다고 알려진 패검무자였다.

특히 정주 분타는 남천이 살아 있을지도 모른다는 후개의 요청에 따라 뇌한산에서 죽치고 있었다. 몇 달을 기다리다가 결국 포기하고 철수한 것이 불과 보름 전이었다.

한데 이렇게 멀쩡히 모습을 드러냈으니 놀랄 수밖에 없었다.

남천은 서장명과 허름한 대나무 평상에 마주 앉았다.

이름있는 문파에서 손님을 맞이하는 것치고는 보잘것없었으나, 개방이란 특성을 감안한다면 남천으로선 이것도 감지덕지했다.

만약 남천이 아니고 일반적인 객이었다면 땅바닥에서 맞이했을지도 모를 일이었다.

서장명은 남천의 모습을 자세히 살피다가 걱정스러운 듯 물었다.

"듣기로는 무심쌍도와의 결투에서 부상을 당해 목숨을 잃었다 했는데 역시 소문은 믿을 게 못 되는가 보오. 이렇게 멀쩡한 모습이니 말이오."

어찌 보면 초면에 실례되는 말일 수도 있지만 워낙 궁금한 사안인지라 서장명은 묻지 않을 수 없었다.

그러나 남천은 더 이상 그 일에 관해 생각하기 싫어 서둘러 본론으로 들어갔다.

"사정이 있었습니다. 그보다."

"무엇이 궁금하신지는 다 알고 있소."

"……?"

"금난영이란 사람에 대해 물으려는 것 아니오?"

"태삼, 아니, 후개가 연락을 했나 보군요."

"어찌 연락뿐이겠소. 반드시 찾아야 한다고 얼마나 닦달을 해대는지, 그 일 때문에 우리 방도들이 아주 녹초가 될 지경이오."

남천은 급히 고개를 숙였다.

"본 방에 폐를 끼치게 되어 죄송합니다."

그러나 서자명은 당치않다는 듯 손을 휘휘 저었다.

"아, 소협께 그런 말을 듣고 싶어서 한 이야기는 아니오. 우리야 당연히 윗분의 명을 따라야 하지요. 그게 아랫사람의 본분 아니겠소."

남천은 조심스럽게 고개를 끄덕였다.

그런 위계질서가 없다면 개방처럼 거대한 방파가 존속될 수 없을 터였다.

서장명은 잠시 남천을 바라보다 무안한 듯 헛기침을 하더니 품에서 뭔가가 빼곡히 적혀 있는 쪽지를 꺼내 들었다.

"우리가 조사한 바로 금난영이란 이름을 쓰는 사람은 모두 사백아홉 명이었소. 물론 여덟 명의 남자가 있긴 했지만 그들은 제외한 수치요. 그리고 그중 나이대가 사십 후반에서 오십 중반까지 추리면 백스물다섯이오."

"그렇게나 많습니까?

남천은 자신도 모르게 눈을 크게 뜨며 물었다.

이름이 같은 사람이 사백 명이 넘는 것은 너무 많은 수였다.

하나 서장명은 당연하다는 듯 크게 고개를 끄덕였다.

"물론이오. 중원에는 사람이 셀 수 없이 많은데다 금난영이란 이름이 특이한 것도 아니니 말이오."

"아!"

"소협께서는 아예 고아이거나 밝혀지지 않은 사람을 원했다 들었는데 맞소?"

"그렇습니다."

"그래서 더 조사해 본 바, 그 백스물다섯 명 중 부모 관계가 확실치 않은 사람은 모두 열두 명이었소. 그러나……."

그는 잠시 말을 멈추고 남천을 지그시 쳐다보았다.

"그 열두 명 중 이미 아홉 사람은 세상을 떠났소."

"하면 사백이 넘는 사람들 중 단 세 명으로 좁혀졌단 말씀이십니까?"

서장명의 얼굴에 뿌듯한 미소가 떠올랐다.

"바로 그렇소. 그 세 명만 직접 만나보면 될 것이오."

남천은 개방의 뛰어난 정보력에 놀라움을 금치 못했다.

중원에 산재한 수많은 문파들 중 이런 일을 해낼 수 있는 문파가 과연 개방 외에 또 있을까 싶었다.

"귀 방과 타주의 노고에 진심으로 감사드립니다."

남천이 급히 몸을 일으켜 포권을 취하자 서장명은 깜짝 놀라 그런 남천을 말렸다.

"나에게 이러실 필요는 없소. 나 혼자서 조사한 것도 아니

니 말이오. 감사를 표하시려거든 후개께 직접하시는 게 낫겠
구려."

남천은 그 말에 왕태삼을 떠올렸다.

단 두 번뿐인 만남이었지만 이처럼 자신을 도와주니 고맙
기 짝이 없었다.

서장명은 사색에 잠겨 있는 남천을 쳐다보다 불쑥 입을 열
었다.

"하지만 그 세 명을 소협이 직접 찾으러 가실 필요는 없을
것 같소."

남천은 예상치 못한 서장명의 말에 급히 상념에서 깨어나
물었다.

"무슨 말씀이십니까? 제가 갈 필요가 없다니요."

"소협께선 남궁상연, 남궁 소저를 알고 계시지요? 혹시 만
나보셨습니까?"

순간 남천의 눈빛이 급격히 흔들렸다.

너무나 오랜만에 그녀의 이름을 듣게 되자 끓어오르는 감
정을 주체하기 힘들었기 때문이다.

남천은 자신도 모르게 서장명의 어깨를 잡으며 다급한 목
소리로 물었다.

"그녀는 무사합니까?"

강서백이 있었으니 무사하리라 생각하곤 있지만, 어디까
지나 이는 막연한 추측일 뿐이었다. 직접 눈으로 확인을 하진

않았으니 말이다.

서장명은 그의 불안한 마음을 알기라도 하듯 미소 지으며 손을 잡았다.

"말씀을 들으니 아직 만나지 못하신 듯하군요. 당연히 그분은 무사하지요. 이런 말씀을 제가 드리는 것이 이상하긴 하나, 소협은 금난영보다 남궁 소저를 먼저 찾아야 하지 않을까도 싶소."

"……?"

"그분이 소협과 금난영을 찾기 위해 갖은 애를 다 쓰셨기 때문이오. 이곳 정주 분타는 아니지만 본 방에 거의 매일 들르다시피 하여 정보를 얻어갔다 하시더군요. 그뿐 아니라 육대세가를 모두 돌며 부탁했다 하더이다."

남천의 눈가에 여린 물기가 고여갔다.

얼마나 힘들었을까?

자신의 생사도 알지 못한 채 홀로 개방과 육대세가를 돌아다녔으니 그 고생이 얼마나 심했을까?

'소저, 곧 찾아가겠습니다.'

남천은 그녀의 모습을 떠올리며 이를 지그시 깨물었다.

당장이라도 남궁상연이 있는 곳으로 달려가고 싶었지만 지금은 금난영의 일이 더 급했다.

"한데 제가 갈 필요가 없다는 말은……."

"조금 전에 말씀드리지 않았소, 남궁 소저께서 날마다 정보를 얻어 가셨다고. 남궁 소저께서 그 세 명을 찾으러 가셨소."

"아, 그렇게 된 것이군요."

남천은 고개를 주억거리다 불현듯 다시 물었다.

"혹시 청양에 있는 금난영이란 사람에 대해서도 알 수 있습니까? 다만 나이가 다소 어립니다. 저와 동갑으로……."

"남 소협과 동갑? 그런 사람도 찾고 있었소? 오십대 정도로만 알고 있었는데……."

"그렇긴 합니다만 혹시나 싶어서. 어떻게, 알 수 없겠습니까?"

"흠, 잠시만 기다리시오."

그는 초가 안으로 들어가더니 잠시 후 또 다른 쪽지 하나를 들고 나왔다.

"찾았소. 청양에는 분명 금난영이란 이름을 쓰는 이십대의 여인이 있었소."

남천은 고개를 갸웃했다.

있었다? 하면 지금은 없단 말인가?

그에 대한 답은 곧 확인할 수 있었다.

"금난영, 올 스물둘. 부모는 생존해 계시고 이미 혼인을 했고 남편은 표사, 그리고 자신은 쟁자수로 있군. 그러나 지금 사는 곳은 청양이 아니라 회녕이오. 혼인 후 이사 갔구려. 청양에는 이 사람 한 명밖에 없소만. 맞소?"

"맞는 듯합니다. 다만 제가 모르는 사이에 혼인을 했군요."

"재작년에 했소. 남편의 이름이 황복이군. 동향 사람인 듯한데……."

'아복?'

남천은 순간 어리둥절한 표정이 되었다.

금난영이 아복과 혼인했다니, 그는 묘한 기분이었다.

지금 생각해 보면 당시엔 아복뿐만 아니라 자신도 금난영을 좋아했었다. 물론 그때는 몰랐지만 말이다.

때문에 지금 그가 느끼는 심정은 쉽게 말로 표현 못할 아리송한 것이었다.

"그럼 그 둘은 회녕에서 살고 있습니까?"

"그렇소. 그가 표사로 있는 대홍표국이 회녕에 있으니 말이오."

남천은 잠시 생각하는 듯하다가 자리에서 일어섰다.

"죄송하지만 전 이만 가봐야 할 듯싶습니다. 다만 한 가지 더 부탁드릴 게 있는데."

"무엇이든 말씀하시오. 죽지패를 가진 분의 부탁은 후개의 명과 같소."

"그럼 실례인 줄 알지만 남궁 소저께 저의 소식을 대신 전해주십시오. 회녕에 들렀다 곧 찾아간다고 말입니다."

"아, 그런 반가운 소식이라면 백 번인들 고맙지요. 남궁 소저의 안색이 예전과 달리 많이 안 좋아지셨다던데 소협의 소식을 듣고 기뻐하실 얼굴이 눈에 선하구려."

"그럼 꼭 부탁드리겠습니다."

남천은 만면에 웃음을 띠고 있는 서장명을 뒤로하고 정주 분타를 나왔다.

이제 그가 해야 할 일은 정해졌다.

다른 세 사람은 남궁상연이 조사한다 했으니 회녕으로 가 금난영을 만나는 일이 남았다.

단순한 의심일지 모르지만 그녀가 백화선궁주의 딸일 수도 있었다. 하니 두 눈으로 직접 확인해야만 했다.

*   *   *

하남성 신현(新縣), 늦은 오후.

남천의 죽음을 확인하기 위해 사천에서 먼 길을 떠나온 당자성은 이곳 신현에 있는 외척의 집에 잠시 묵고 있었다.

그는 자신을 위해 마련된 조그맣지만 아늑한 방에서 차를 마시다 방문을 두드리는 소리에 자리에서 일어났다.

"들어오셔도 좋습니다."

문을 열고 들어온 사람은 외숙부 이유청(李柳靑)이었다.

"숙부님께서 어인 일로?"

이유청과는 점심 때도 만나 함께 차를 했건만 이렇게 다시 찾아왔으니 당자성은 사뭇 의아한 표정을 지으며 그를 맞이한 것이다.

한데 이상한 점은 이유청의 얼굴빛이었다.

그는 무슨 이유에서인지 안색이 붉었고 흥분한 기색이 역력했다.

"자네에게 전해줄 말이 있어서 왔다네."

"일단 앉으시지요."

이유청은 잔에 차를 그득 따르더니 단번에 비우고는 말문을 열었다.

"자네가 패검무자를 찾고 있다는 소식을 전해 듣고 이쪽에서도 수소문을 하고 있었다는 것은 낮에 이미 이야기했지?"

"그렇습니다. 한데 무슨 일이라도?"

"그가 나타났다네."

"······!"

당자성의 눈이 조금 커졌다.

"패검무자가 죽지 않고 살아 있었단 말일세."

"그게 사실입니까?"

그는 자신도 모르게 자리에서 벌떡 일어섰다.

이유청은 몹시도 목이 타는지 다시 차를 한잔 따라 마시고는 고개를 크게 끄덕였다.

"사실이네. 개방을 통해 소문이 퍼졌다고 하니 거짓일 리 있겠는가?"

당자성의 안색이 점차 환해졌다.

'역시 죽지 않았구나!'

비록 그의 죽음을 믿진 않았지만 살아 있을 거란 확신도 없었다.

그랬기에 여기까지 오면서도 계속 마음이 편치않았고, 괜한 짓을 하고 있는 게 아닌가 하는 의심마저 들었다.

한데 살아 있었다니, 이처럼 반가운 소식이 어디 또 있겠는가?

"자세히 말씀해 주시겠습니까?"

"불과 얼마 전 패검무자가 개방 정주 분타를 찾았다 하네. 듣자 하니 그 역시 누군가를 찾고 있다고 하던데 그가 누구인지는 알려지지 않았네."

당자성은 패검무자가 누구를 찾고 있는지엔 관심이 없었다. 오로지 그가 어디 있느냐가 중요했다.

"정주라면 하북 정주입니까?"

"그렇다네."

하북성이라면 하남의 바로 위에 위치했다.

그러나 신현이 하남성에 속하기는 했으나 워낙 남쪽이라 북쪽인 정주와의 거리가 가깝진 않았다.

'지금 정주로 간다 해도 빠르면 닷새 길면 열흘까지도 걸린다. 게다가 그가 누군가를 찾고 있다 했으니 그사이 다른

곳으로 갈 가능성이 높은데…….'

당자성은 앞으로 어찌 그를 찾아야 할지 잠시 고민했다.

그러자 그 모습을 보고 있던 이유청이 빙긋 웃는 게 아닌가.

"자네가 무슨 생각을 하고 있는지 알겠네. 지금 정주 분타로 찾아가 봐야 그를 만나기는 어렵겠지."

"맞습니다. 아무래도 너무 늦겠지요. 그래서 남궁세가로 가볼까 합니다."

"그곳은 왜인가?"

"그와 남궁상연 소저의 관계가 각별하니 언젠가는 반드시 그녀를 찾으러 남궁가에 들르지 않겠습니까? 그때를 기다리는 수밖엔 없을 듯합니다."

이유청은 여전히 웃는 얼굴로 고개를 저었다.

"아니네. 자네는 굳이 그곳에서 기다릴 필요가 없어."

"네?"

당자성은 숙부의 말을 이해하지 못해 어리둥절한 표정이었다.

"그는 회녕 대흥표국으로 갔다네."

"회녕!"

회녕은 호북성이긴 했으나 강북에 위치에 있어 오히려 정주보다 훨씬 가까웠다.

패검무자가 회녕으로 갔다면 자신이 지금 출발해도 거의

비슷한 시기에 도착할 수도 있을 것이다.

"그것은 정확한 정보입니까?"

그는 숙부에게 이렇게 묻는 것이 예가 아닌 줄 알았으나 반드시 확인해 보아야 할 문제였다.

"확실하다네. 이 역시 정주 분타주 입에서 나온 말일세."

당자성은 고개를 끄덕였다.

명문정파의 분타주 신분으로 거짓 소문을 내진 않았을 테니 그만큼 확실했다.

"숙부님, 죄송하지만 아무래도 지금 출발해야겠습니다."

"아니, 곧 밤이 될 텐데……. 웬만하면 내일 출발하지 그러나."

"아닙니다. 지금 만나지 못하면 너무 오래 시간이 지체될 듯싶습니다."

"허허. 패검무자가 그토록 자네에게 중요한 인물인가?"

당자성은 입술을 지그시 깨물었다.

"그렇습니다. 중요한 사람이지요."

동년배 중 자신에게 첫 패배를 안겨준 무인.

결국 그로 인해 생각지도 않았던 조부의 뒤를 잇기로 하지 않았던가.

"할 수 없구만. 좋네. 자네 외조모님께는 내가 말씀드리지."

"감사합니다, 숙부님."

당자성은 허리 숙여 포권을 취하고는 그 길로 회령을 향해 떠났다.

하나 그는 남천을 만난다는 기대에 너무나 들떠 있어서였는지, 몰래 그의 뒤를 따르는 음양도포인이 있다는 사실을 모르고 있었다.

                    *   *   *

"히야! 저 노을 좀 봐."

황복은 객잔에 앉아 자색 하늘을 올려다보며 탄성을 내질렀다.

어렸을 땐 또래 아이들에게 아복이라 불리던 황복은 어느새 듬직한 청년이 되어 있었다.

키야 원래부터 큰 편이었지만, 물렁한 살로 뒤덮여 있던 몸이 단단한 근육으로 탈바꿈한 것이 가장 큰 변화였다.

황복은 무공을 제대로 익히지 않았었다, 적어도 남천이 사라지기 전까지는. 그러나 후에 남천이 출가하고 난 후, 자신도 무에 대한 뜻을 세웠다.

하나 모든 사람의 운이 같을 수는 없는 법.

남천은 일수만병파의 제자가 되었으나, 황복은 제대로 된 스승을 만나지 못했다.

동네 무관에서 배운 것이 전부였다.

그나마 다행인 것은 근처를 지나가던 무인 중 한 명이 근골이 튼튼해 보이는 그가 마음에 들었는지 내공심법을 가르쳐 주었다는 정도였다.

비록 그 내공심법이란 게 신공으로 불리거나 명문정파의 심법처럼 대단하진 않았으나 그런대로 무인의 행색을 갖추게 도와주었다.

덕분에 안휘성 내에서 중간엔 못 미치나 그렇다고 해서 아예 이름없지는 않은 대홍표국의 표사로 들어갈 수 있었다.

남들 같으면 좀 더 커다란 표국에 들어가길 바라거나 강호를 질타할 고수가 되려 했겠지만 황복은 지금의 상황으로 충분히 만족했다.

표사!

표국의 규모와는 상관없이 이 얼마나 가슴 두근거리게 하는 직업인가?

기껏 남의 물건이나 운송하고 돈을 버는 하찮은 일이라고 생각하는 이들도 있었지만 황복은 그렇지 않았다.

자신처럼 무공을 좋아하는 사람들이 표국에는 많았을 뿐더러 특정 물건을 힘들게 운반하여 주인의 손에 들려주는 것은 꽤나 보람찬 일이기도 했기 때문이다.

또한 혹자는 표사란 언제 죽을지 모르는 위험한 직업이 아니냐 말하겠지만, 적어도 대홍표국에 일하는 표사들에게는 남의 이야기나 다름없었다.

왜냐하면 대홍표국은 규모가 작아 산채들이 욕심낼 만한 귀한 물건은 처음부터 들어오지도 않았고, 가끔씩 그런 물건이 들어올라치면 국주가 거절했기 때문이다.

대홍표국 국주 한산성은 수입이 적더라도 철저히 안전을 추구하는 인물로서 표국을 십 년 가까이나 운영했음에도 그런 방침 덕분에 큰 사고 한 번 없었다.

이번 표행도 마찬가지, 아니, 이번 표행은 오히려 다른 때보다 더욱 쉬웠다.

물건이라고 해봐야 수레 하나를 채우는 잡곡이 전부였기 때문이다.

일견 잡곡을 운반해 달라는 의뢰자가 이상해 보일 수도 있지만, 그도 사정이 있어서일 테니 표국이 걱정할 사항은 아니었다.

그럼에도 국주는 혹시나 싶었는지 표국 내의 표두 중에서도 가장 고수인 낙풍도(落風刀) 월한청(狨悍鯖)과 함께 표사 셋을 딸려 이번 표행을 맡겼다.

"저게 그렇게도 좋아?"

황복의 맞은편에 앉아 있던 긴 머리에 귀엽게 생긴 여인이 그의 말을 받았다.

보조개가 예쁘게 파여 더욱 인상적인 그녀는 남천이 애타게 찾고 있는 금난영이었다.

금난영 역시 황복과 마찬가지로 어렸을 때와는 외모가 많이 달라져 있었다. 양 갈래로 땋았던 머리카락은 길게 아래로 내려뜨렸고 흙이 잔뜩 묻어 언제나 지저분했던 손은 새하얗고도 가느다랬다.

"당연하지. 하루 일을 끝내고 이렇게 바라보는 저녁 하늘이 너는 아름답지도 않아?"

그녀는 황복의 말을 재차 확인하기라도 하듯 다시 한 번 창밖으로 바라보고는 귀여운 미소를 지었다.

"그렇긴 하지만, 나는……."

그녀는 고개를 돌려 황복을 장난스런 표정으로 쳐다봤다.

"내가 더 예쁜 것 같아."

"풉!"

황복은 하마터면 마시던 차를 그녀의 얼굴에 내뿜을 뻔했다.

"무슨 소리야, 그게?"

"그럼 아니란 말이야?"

금난영의 표정이 새침하게 변했다. 그러나 눈가에는 여전히 미소가 남아 있었다.

"핫. 또 시작이다."

황복은 그런 그녀가 짐짓 무서운 듯 한 소리하고는 피식 웃었다.

"장난 좀 그만 해. 이젠 우리도 어엿한 부부인데 철 좀 들어야지."

"핏! 철드는 거하고 이게 무슨 상관이야? 오히려 부부가 됐으니 수시로 사랑을 확인해야지."

"이그. 알았다, 알았어. 너 예쁘다."

황복은 졌다는 듯이 손을 허공에서 젓다가 우뚝 멈추더니, 그녀의 머리 위를 천천히 쓰다듬었다.

"그건 굳이 말로 해야 하는 게 아니잖아, 너무 당연한 거니까."

금난영은 눈을 감고 그의 두터운 손에 머리를 바짝 대었다.

마치 주인의 손길에 기분 좋아하는 고양이처럼……

그녀는 쟁자수였다.

쟁자수는 표행을 하는 동안 표사들이 먹을 음식을 짓는 등 허드렛일을 하는 사람을 말한다.

어찌 보면 여인이 하는 게 당연해 보이는 일들이다. 그러나 여인의 몸으로 쟁자수의 일을 하는 사람은 많지 않았다.

너무 힘들기 때문이다.

짧으면 며칠, 길면 한 달이 넘게 표행을 가는데, 그동안의 허드렛일이 쉬울 리 없다.

하지만 금난영은 사내도 하기 힘든 쟁자수 일을 무리없이 해냈다.

오히려 대홍표국의 표사들은 금난영을 보고 있으면 없던 힘도 솟아났다. 그녀는 언제나 활기찼고 생기 넘쳤다.

타고난 것일까?

그녀의 힘은 끊임없어, 수시로 몸속에서 생성해 내는 듯했다.

힘든 표행에서도 그럴진대 오늘은 편하게 객잔에서 묵고 있었으니 더 힘이 펄펄 나는 것 같았다.

그녀는 평상시에도 곧잘 황복에게 장난을 쳤었다.

혼인을 했지만 둘은 서로를 친구처럼 대했다. 그게 편했기 때문이다.

그렇지만 두 사람이 서로를 지극히 사랑한다는 것은 그 누구도 부정할 수 없는 사실이었다.

두 사람이 그렇게 사랑의 담소를 나누고 있는 중에도 시간은 멈춤없이 흘러 어느덧 오시가 가까워졌다.

그럼에도 지치지 않는지 두 사람은 여전히 쌩쌩한 모습이었다.

그리고 황복이 막 우스꽝스런 표정으로 금난영을 즐겁게 하고 있을 때였다.

"이제 자야 하지 않겠나? 내일도 일찍 길을 떠나야 할 텐데."

"아! 나오셨습니까?"

황복은 화들짝 놀라 급히 자리에서 일어났다.

나타난 사람은 이번 표행 길의 책임을 맡은 월한청이었다.

낙풍도 월한청.

그는 지금은 자그마한 표국의 일개 표두로 있지만 한때는 너른 강호를 종횡하던 무인이었다.

무공 또한 대단하여 그의 성명절기인 낙풍도법은 강호일절로 손색이 없었고 성격도 호방해서 인맥이 두터웠다.

그런 그가 왜 대홍표국과 같은 곳에 있는지는 아무도 알 수 없었지만 사람들은 뭔가 사연이 있으리라 짐작할 뿐이었다.

"하하. 놀라기는. 뭔가 재미난 이야기들을 하고 있었나 보군. 내가 혹 방해되지는 않았나?"

"그럴 리 있겠습니까. 여기 앉으시지요."

황복은 옆의 의자를 재빨리 빼내며 권했다.

그는 못된 짓 하다 들킨 아이처럼 얼굴을 붉히며 조심스레 입을 열었다.

"아직 잠자리에 들지 않으셨습니까?"

"원래는 자려고 누웠으나 자네들이 재미나게 이야기하는 소리에 잠이 달아나 버렸다네."

"앗, 죄송합니다."

황복은 또다시 벌떡 일어나며 허리를 숙였다.

그런 그를 한동안 멍하니 바라보던 월한청은 슬며시 금난영에게 물었다.

"원래부터 이 친구, 이리 눈치가 없었나? 난 농담으로 한 말인데 이리 정색하다니 내가 다 무안해지려 하네."

금난영은 슬며시 웃었다.

"윗사람의 농담이 농담으로 들리려면 담량이 꽤나 커야지요. 하지만 저라면 몰라도 저 사람은 그렇지 않으니까요."

"헛, 그런가?"

그는 아직까지도 허리를 숙이고 있는 우람한 덩치의 황복을 위아래로 쳐다보다가 허탈한 웃음을 터뜨렸다.

"허허. 자, 이제 그만 자리에 앉게. 내 무서워서 자네에겐 더 이상 농담도 하지 못하겠구만."

"그… 그게 아니라……."

황복은 엉거주춤한 모습을 서 있다가 눈짓을 하는 금난영을 보고는 얼른 자리에 앉았다.

황복이 대흥표국에 든 지도 벌써 일 년이 다 되어갔다. 그렇지만 월한청과 같이 표행을 나선 것은 이번이 처음이었다.

평상시에도 무공이 높은 그를 흠모하던 황복은 그와 말을 하는 것조차 가슴 떨렸다.

그러니 그의 우스갯소리에 쩔쩔매는 것도 무리가 아니었다.

금난영이 그런 황복을 대신해서 입을 열었다.

"그렇지 않아도 이제 막 들어가려던 참이었어요."

"그랬는가? 어째 내가 나오자마자 부리나케 들어가려는 것처럼 보이는데?"

"호호. 그럴 리야 있겠어요? 표두님 말씀대로 내일을 위해 자려 했던 것이지요."

월한청은 살짝 얼굴을 찡그렸다.

"흠. 조금만 더 나와 놀다 들어가세. 예까지 나왔는데 나 혼자 있기도 그렇고, 또 그냥 들어가기 좀 뭣하네그려."

금난영은 살포시 웃으며 고운 목소리로 말했다.

"표두님이 이토록 저흴 원하시니 다른 방도가 없네요. 곁을 지켜 드리는 수밖에."

"하하하. 아무튼 자넨 쟁자수치곤 달변일세."

월한청은 몹시도 흡족한 듯 크게 소리 내어 웃으며 이것저것에 대해 이야기하기 시작했다.

그가 겪어온 경험담은 표사의 일을 시작한 지 오래지 않은 황복에게 큰 도움을 주는 것들이었다.

경험은 그 무엇과도 바꾸지 못할 보물이라 하지 않았던가.

비록 직접 겪은 바는 아니었지만 자신이 좋아하는 월한청에게서 이런 이야기를 듣게 되자 황복은 잘 시간이 지났음에도 더욱 눈빛이 초롱초롱해졌다.

나중엔 월한청이 한마디 할 때마다 맞장구를 치고 고개를 크게 끄덕이는 등 한껏 빠져들었다. 처음과는 달리 월한청과 많이 가까워진 듯했다.

그렇게 반 시진 가까이가 지났을 때 금난영이 궁금한 표정으로 물었다.

"그런데, 듣기로는 이번에 운송하는 물건이 잡곡이라던데 정말인가요?"

"맞네. 잡곡이지."

"비싼 건가요? 이렇게 표행을 맡기는 걸 보면."

"그건 나도 모르겠다네. 하지만 가능성은 있네. 이번 일을 의뢰한 섭 대인은 자네도 알다시피 인근에서는 가장 부자이지 않은가. 그런 그가 맡긴 물건이니 우리가 볼 땐 잡곡이라 할지라도 필요로 하는 사람에게는 귀중한 물건일 수 있겠지."

"하긴, 저희가 뭐 물건 볼 줄 아나요. 기껏 금 귀하다는 정도밖에 모르죠. 아, 하지만 표두님은 진귀한 물건을 많이 보셨겠군요."

그 말에 월한청은 피식 웃음을 터뜨렸다.

"꼭 그렇지만도 않아. 내가 이곳에 들어온 뒤로 수많은 표행을 했지만, 국주가 워낙 그런 물건을 맡지 않으니 말이야. 뭐 이곳에 들어오기 전엔 몇 번 있었지만, 사실 따지고 보면 눈이 휘둥그레해지거나 하는 그런 보물은 없었다네."

"저런, 아쉽네요. 보물에 관해서라면 날을 새서라도 들을 자신이 있는데."

금난영은 정말로 아쉬운 듯 입맛을 다셨다.

"훗, 난영이도 역시 여자였어. 그런 거엔 눈이 어두운 줄 알았더니."

황복이 놀리듯이 말하자 금난영은 뾰쪽한 목소리로 소릴

질렀다.

"난 원래 여자였어! 그리고 보물에 남자 여자가 어디 있어? 싫어하는 사람이 이상한 거지."

"헛. 사람들 깨겠네."

귀청이 떨어질 듯한 큰 소리에 월한청이 급히 말하자 금난영과 황복은 그제야 실태를 깨닫고는 화급히 입을 손으로 틀어막았다.

사위를 확인한 월한청은 다행히도 아무 일도 없는 듯 보이자 안도의 한숨을 내쉬며 속삭이듯 말했다.

"아무튼 이젠 시간이 늦었으니 들어가도록 하세. 자네들과 이야기하다 보니 이렇게 밤이 깊은 줄도 몰랐구만. 오늘 재미있었네."

"저희도 즐거웠습니다. 그럼 편안히 주무십시오."

이윽고 세 사람은 다른 사람이 깨지 않도록 조심해서 각자의 방으로 향하자 그들이 이야기하던 텅 빈 탁자에 은은한 달빛이 새어 들어와 늦여름의 정취를 한껏 고조시키고 있었다.

第四十二章

야명혈조(夜明血爪)
─아복과 난영을 만나다

藍天俠傳

俠

　황복과 금난영이 잠자리에 든 시각, 그들이 묵고 있는 객잔
에서 얼마 떨어지지 않은 허름한 사당 안.

　어두침침하니 호롱불 하나만이 덜렁 켜져 있는 그곳엔 예
닐곱 명의 사람이 둥그렇게 앉아 있었다.

　비록 사당 안이 어두워 각자의 면모를 확인하긴 어려웠지
만, 그들 모두는 하나같이 병장기를 패용하고 있어 강호인들
임은 어렵지 않게 짐작할 수 있었다.

　이런 밤늦은 시각에 모여든 것으로 보아 뭔가 중대한 일이
있음은 분명했지만, 이상하게도 그들 중 그 누구도 입을 열지
않았다.

그렇게 침묵만이 지속될 때쯤, 삐쩍 마른 체형의 한 사내가 사당 안으로 들어섰다.

모두의 눈이 그에게 모아졌다.

막 나타난 남자는 사십 초반의 매우 평범한 외모였는데 특이한 점이 있다면 남자들이라면 좀처럼 하지 않는 청광석으로 만든 귀걸이를 하고 있다는 것이었다.

그는 자신에게 쏟아지는 수많은 예리한 안광을 접하면서도 침착하고 느릿하게 입을 열었다.

"모두 모이셨소?"

"당신이오? 우리 형제를 부른 사람이?"

모여 있던 사람들 중 붉은 선장을 안고 있는 대머리중년인이 불쑥 물었다.

청광석의 사내는 자신의 질문에 그 누구도 답을 하지 않았건만 화내지 않고 오히려 빙긋 웃었다.

"그렇소."

이윽고 그는 천천히 주위를 둘러보더니 예의 미소를 띤 채 고개를 끄덕였다.

"보아하니 모두 오신 듯하구려."

"서찰에 쓰인 말은 정말이오?"

이번엔 작달막한 키의 더벅머리가 물었다.

그는 키가 얼마나 작은지 앉아 있는 모습이 마치 한 마리의 원숭이를 연상케 했다.

"당연하지. 내가 거짓말을 할 사람으로 보이오?"

순간 미소 띤 그의 눈에서 예리한 안광이 번뜩였다.

중인들은 어두운 사당 안이 마치 그에게서 뿜어져 나온 눈빛으로 가득 찬 듯한 착각이 들었다.

"무… 물론 그렇진 않소만."

말을 한 더벅머리는 슬며시 고개를 돌렸다.

'무슨 놈의 눈빛이…….'

좌중은 그의 서슬 퍼런 눈빛에 압도된 듯 잠시 적막만이 감돌았다.

청광석의 사내는 이후 아무도 말을 꺼내지 않자, 그들에게로 다가가 털썩 앉으며 조용하게 웃었다.

"하하, 이거 손님들을 모시는 입장으로서 아무런 준비도 못해 송구스럽구려. 음식이라도 마련했어야 하는데."

"별말씀을 다하시오. 우리가 이 시간에 모인 건 먹을 것이나 먹자고 한 게 아니지 않소."

이번엔 누더기 옷을 입은 반백의 거지였다.

거지가 먹을 것을 마다하다니, 다른 사람이 들었으면 비웃음이라도 날렸겠지만 그를 비웃는 사람은 아무도 없었다.

"바로 그렇소! 오늘 우리가 모인 것은 대사를 치르기 위해서요."

청광석의 사내가 드디어 본론에 들어가는 듯하자 모두는 긴장된 얼굴로 그를 바라보았다.

그는 잠시 사람들과 일일이 눈을 마주하더니 하던 말을 계속했다.

"여러분께서 미리 알렸다시피 강호에 탁천극마록(卓天極魔錄)이 나타났소."

긴장이 그득한 가운데 중인들의 침 넘어가는 소리만이 크게 울렸다.

"본론부터 말하자면, 소문처럼 그 탁천극마록이 무공 비급인진 모르오. 다만……."

그는 잠시 쉬었다가 눈을 지그시 감았다 떴다.

"그의 유물이라면 값어치는 이루 헤아릴 수 없을 것이오. 그렇지 않소?"

사람들은 서로서로를 바라보다가 천천히 고개를 끄덕였다.

백여 년 전 강호를 공포에 떨게 했던 탁천극마!

그의 이름이 붙은 물건이 어찌 하찮을 수 있겠는가.

그리고 오래전부터 탁천극마록은 탁천극마 무공의 정수만을 기록한 책이라 알려져 있었다.

하니 강호제일인이었던 그의 무공 비급이 탐나지 않는 사람은 아무도 없었다.

대머리는 잠시 주저하는 듯하다가 조용히 물었다.

"한데, 지금 그 물건이 누구에게 있고 어찌하자는 것이오? 서찰에는 단지 탁천극마록이 나타났고 오늘 모이자는 사실만

적혀 있었소만."

"잘 물으셨소. 어이없게도 그 물건은 일개 상인의 손에 들어갔으며, 현재는 여러 길을 거쳐 소림으로 운반되고 있소."

"소림?"

"그 상인은 소림과 어느 정도 친분이 있는 사람으로서 아무래도 자신이 가지고 있는 것보다는 소림에 보내는 것이 옳다 생각했을 것이오."

"허……."

대머리는 크게 탄식했다.

소림, 무림의 태산북두.

그곳에 물건이 도착하고 나면 물건을 차지하겠다는 생각은 접어야만 했다.

"그렇긴 하지만 당신의 말은 아직 그 물건이 도착하진 않았다는 뜻이오?"

이번엔 철탑처럼 거대하면서도 검은 피부를 가진 대한이 물었다.

"그리됐으면 우리가 모일 필요도 없지요."

"흐음. 그런 중요한 물건이라면 보나마나 경비가 삼엄하겠군. 때문에 이렇게 많은 사람을 부른 것일 테고."

대한이 당연하다는 듯 중얼거리자 청강석의 사내는 고개를 저었다.

"당신은 틀렸소. 지금 그 물건을 운반하는 곳은 대홍표국이오."

"대홍표국?"

대한은 처음 듣는다는 듯 고개를 갸우뚱했다.

"그런 표국이 있지. 유명한 표국이 아니라 당신은 모를 것이오."

"대홍표국이라면 그 낙풍도 월한청이 있는 곳 아니오?"

대머리 중이 알은체를 하며 끼어들었다.

"당신의 견문은 매우 넓구려. 바로 그가 있는 곳이 맞소."

대한은 월한청이라는 말에 안색이 대변했다.

"그가 표국에 있었소?"

"쯧쯧, 이렇게 몰라서야. 그가 대홍표국에 투신한 지가 벌써 몇 년째인데 그런 소릴 하시오?"

대머리의 타박에 대한의 검은 얼굴이 더욱 시커메졌다.

하나 대머리는 그런 그를 일별조차 하지 않고 다시 청광석의 사내에게 물었다.

"하지만 대홍표국에는 낙풍도 외에는 쓸 만한 사람이 없는 걸로 아는데……."

"그것도 맞는 말이오."

순간 대머리의 눈이 가늘어졌다.

"하면 당신 혼자서도 충분히 가능할 듯싶소만 이렇게 사람을 모은 이유가 따로 있소? 혹시……."

중인들 역시 뭔가 이상하다는 사실을 눈치 채고는 의심스런 눈초리로 청광석의 사내의 얼굴을 처다봤다.

만약 대흥표국의 전력이 대머리가 말한 대로라면 사내 혼자서도 충분히 물건을 취할 수 있었다.

또한 일반적으로 약탈을 할 때는 아는 사람이 적을수록 좋았다. 하물며 강호의 기보라 할 수 있는 탁천극마록이야 두말할 필요있으랴. 그런데도 이렇게 사람을 모았으니 혹시 함정이 아닐까 하는 의심이 부쩍 들었던 것이다.

"물론 나 혼자서도 가능하지. 그렇지만 당신은 내가 처음에 한 말을 잊었소?"

"……?"

"탁천극마록이 발견됐다는 사실을 이미 몇몇은 알고 있다 하지 않았소."

"아!"

대머리는 가볍게 소릴 내질렀다. 그리고는 이내 진지한 표정으로 다시 물었다.

"하면 우리 말고도 물건을 노리는 자들이 있다는 말씀이구려."

"두말하면 잔소리지."

"음… 비록 그가 누구인진 모르겠지만 우리가 필요할 정도의 고수임에 분명하군."

"안타깝지만 사실이오."

"그가 누구인지 알려줄 수 있겠소?"

대머리는 궁금한 듯 물었지만 청광석의 사내는 고개를 저었다.

"내가 굳이 말하지 않아도 시간이 지나면 차차 알게 될 일이오."

대한이 답답했는지 크게 소리쳤다.

"그렇다면 적이 누군지도 모르고 싸워야 한단 말이오? 그런 법이 도대체 어디 있소!"

"아니, 우리의 적은 이미 알고 있소. 바로 대홍표국이지. 그 뒤의 일은 그때 해결하면 되오."

"끙!"

일견 앞뒤가 안 맞는 말이었으나 대한은 더 이상 뭐라 하지 못하고 입을 다물었다.

"자, 그럼 대충 이야기는 끝났으니 내일 봅시다."

그가 자리에서 일어나 가려 하자 원숭이를 닮은 사내가 급히 물었다.

"내일 어디로 가면 되오?"

"내가 다시 이곳으로 오겠소. 그리고 미리 말해두자면 우리가 굳이 갈 필요는 없소. 그들이 이곳으로 올 테니까."

그리고는 횡하니 사라져 버렸다.

남아 있는 사람들은 얼떨떨한 기분이었지만, 한편으론 묘한 흥분이 일었다.

잘만 하면 탁천극마록을 손에 쥘 수 있을지도 몰랐다.

혼자의 몸으로 당대 최고수 세 명을 죽음으로까지 몰아갔던 절세신공.

비록 마공으로 알려져 있긴 했으나 그건 모르는 일이었다.

탁천극마가 잔인하게 살행을 일삼았던 것은 무공 탓이 아니라 그의 인간성 때문일 수도 있기 때문이다.

그렇게 중인들 모두가 각자만의 상상을 하는 도중에도 밤은 점점 깊어만 갔다.

*   *   *

남천은 정주 분타를 나오자마자 바로 회녕으로 향했다.

비록 사랑하는 사람이 자신을 기다리고 있다는 사실을 알았으나 그보다는 금난영을 찾는 게 더 중했다.

그녀는 언제든 볼 수 있다. 하지만 사관화는 내년이면 명이 다한다.

어떻게든 그전에 금난영을 찾아 백화선궁으로 가야만 하니 기간을 따져 봐도 그리 넉넉한 편이 아니었다.

다행히도 회녕은 정주에서 그리 먼 거리가 아닌지라 보름에 조금 못미처 도착할 수 있었다.

하지만 남천은 그를 만날 수 없었다.

그가 대홍표국을 찾아 황복을 찾았을 때는 이미 그가 표행을 나선 뒤였다.

행선지를 알려달라 말을 해보았으나 표국에서 그런 기밀을 알려줄 리 만무했다.

그러나 명성이라는 것은 만병통치약인가.

남천이 자신의 신분을 밝히자 대홍표국주 한산성은 자신이 직접 나서 흔쾌히 알려주었다.

또한 친절하게 언제 어디를 지난다라는 세세한 경로까지 알려주어 남천으로서는 다행이었다.

행로를 알게되자 산을 통한 지름길을 택할 수 있었고, 훨씬 빨리 따라잡을 수 있었기 때문이다.

"제때에 도착한 듯한데."

남천은 관도에서 조금 떨어진 산등성이에서 아래를 내려다보고 있었다.

"아직 지나진 않았겠지?"

대홍표국주의 말에 따르면 오늘 정오쯤엔 반드시 이 길을 지날 것이라 했다.

지금이 정확히 정오, 그러나 아무리 표행이 계획대로 이뤄진다 해도 모든 일이 착착 맞아들어 갈 순 없었다. 하니 이미 지나갔을 가능성도 충분했다.

서쪽 길을 바라보았다. 이미 지났다면 서쪽으로 갔을 터였다.

남천은 잠시 망설였다.

'그들이 올 것이라 예상되는 동쪽으로 먼저 가볼까? 아니

면 서쪽으로?'

남천은 한참을 생각하다 머릴 세차게 저었다.

"아니다. 기다리는 게 상책이야. 적어도 오늘 저녁까진 기다려 보고 난 후 생각해 보자."

반나절 정도의 오차를 감안한 결정이었다.

남천은 근처의 바위에 편히 앉았다.

깊은 산속도 아니건만 어디선가 산새 소리가 귀를 간질였다.

'아복, 난영이.'

어떻게 변했을까?

왠지 난영이는 몰라도 아복은 그대로일 듯했다.

어렸을 때 보여주던 그의 풋풋한 웃음이 그리웠다.

항상 먹을 타령만 해대던 아복을 떠올리자 남천은 자신도 모르게 미소가 지어졌다.

그렇게 얼마나 지났을까.

무슨 소리를 들었는지 남천은 급히 일어나 동쪽을 바라봤다.

'왔다!'

말발굽 소리였다. 게다가 수레 소리.

보통 사람이라면 점으로 보일 정도로 멀리 떨어져 있었건만 남천의 눈에는 수레에 걸려 있는 깃발이 보였다.

그리고 깃발에 쓰여진 두 글자 '대홍'이 커다랗게 눈에 들어왔다.

　남천은 관도로 내려가 한가운데에 우뚝 섰다.

　그러자 갑자기 심장이 미칠 듯이 뛰기 시작했다.

　절친했던 친구를 만난다는 기쁨, 그리고 금난영에 대한 기대가 어우러졌다.

　그는 당장이라도 달려가고 싶었지만 눈을 감고 마음을 진정시켰다.

　잠시 후, 표사 일행이 이십 장가량의 거리만을 남겨두고 다가오자 남천은 서서히 눈을 떴다.

　네 명의 표사, 그리고 두 명의 쟁자수.

　'아복!'

　남천은 한눈에 알아봤다.

　우측 앞줄 위치해 걸어오고 있는 우람한 사내.

　바로 아복이었다.

　그리고 그 옆에 서 있는 여인 금난영.

　남천의 눈빛이 급격히 흔들렸다.

　사 년 만이었다. 급히 길을 떠나는 바람에 그들과는 작별인사조차 하지 못했다.

　남천의 눈가에 어느새 눈물이 차올랐다.

　"아복!"

　남천은 크게 소리치며 달려갔다.

　황복은 길을 막고 있던 청년이 자신을 부르며 뛰어오자 어리둥절한 표정으로 멍하니 바라보고만 있었다.

금난영이 먼저 남천을 알아봤다.

"천아!"

"뭐?"

황복은 화들짝 놀라 옆에 있는 금난영을 쳐다봤다.

그는 너무나 변해 버린 남천을 알아보지 못했다.

남천은 무공을 익힌다고 어렸을 때부터 수련했지만 체형이 꽤 마른 편이었다. 그러나 지금은 건장한 청년, 오히려 금난영이 한눈에 알아보는 것이 이상했다.

하나 남천이 막 그들과 상봉하려는 순간 월한청의 커다란 목소리가 사위를 울렸다.

"멈추시오!"

지금은 표행을 하는 도중이었고 위험은 언제라도 도사리고 있었다.

하니 갑자기 나타난 청년을 그의 입장에선 막아야만 했다.

게다가 뒤에 메고 있는 물건.

비록 천에 싸여져 있다고는 하나, 도나 검이 분명했다. 그것도 하나가 아닌.

남천은 그의 말에 번쩍 정신을 차리고는 멈춰 섰다.

그는 방금 소리친 사람이 표국주가 말했던 일행의 우두머리, 낙풍도 월한청임을 알아보았다.

그리고 자신의 실태를 역시 깨닫고는 급히 포권을 취했다.

"저는 황복의 친구인 남천이라 합니다. 제가 그만 친우를 만난 기쁨에 귀 표국의 행사를 방해하게 되었군요. 진심으로 사죄드립니다."

월한청은 남천을 세세히 살폈으나 그의 행동에서 거짓을 찾을 수 없자 황복을 쳐다봤다.

"저 청년이 정말 자네의 친우인가?"

황복은 아이처럼 환한 얼굴로 고개를 끄덕였다.

"맞습니다. 어렸을 때부터 죽 함께 지내온 절친한 친구입니다."

"음……."

월한청은 갑작스런 일에 조금 놀라기는 했으나 자신이 데리고 있는 아랫사람이 친구를 만나 기뻐하는 모습을 보자 자신 역시 덩달아 기분이 좋아졌다.

"만나서 반갑네. 나는 월한청이라 하네. 이번 표행을 책임지고 있는 몸이라 조심하지 않을 수 없었다네."

"존성대명은 익히 들어왔습니다. 한데 방해가 되지 않는다면 잠시 이 친구와 이야기를 나눠도 좋겠습니까?"

"좋을 대로 하게."

남천이 가볍게 머릴 숙이고 아복에게로 가자 그는 다시 수레를 몰기 시작했다.

그러다 갑자기 고개를 갸웃했다. 이상하게도 방금 들은 이름이 전혀 낯설지 않았다.

'남천? 분명 들어본 이름인데…….'

그는 한참을 생각하다 뭔가가 퍼뜩 떠올랐다.

'혹! 패검무자?'

그는 재빨리 남천을 바라봤다.

남천의 허리춤을 살펴보던 그는 이내 피식하고는 웃음을 터뜨렸다.

'아니군.'

패검무자는 목검을 허리에 매달고 다닌다고 들었다.

하지만 방금 나타난 청년은 허리에 아무것도 없을뿐더러 오히려 등에 바리바리 뭔가를 짊어지고 있었다.

게다가…….

그에게서 가벼운 기도가 느껴지기는 하나 소문의 패검무자처럼 대단한 것은 아니었다.

단지 몸이 좋은 정도, 그 정도뿐이었다.

월한청은 쓸데없는 의심을 했다는 생각에 앞만을 보며 다시 길을 재촉했다.

"정말 오랜만이다. 그리고 미안해."

남천은 두 사람과 어깨를 마주하고 걸었다.

하고 싶은 말은 많았지만 너무 오랜만이어서 그런지 쉽게 입이 떨어지지 않았다.

"넌 미안해야 돼. 그것도 아주 많이! 나에게조차 아무 말없이 사라지다니…… 내가 네 아버지께 그 이야기를 듣고 얼마나 서운했는지 알아?"

"미안해. 아무도 모르게 나오려 했었거든. 그래서 어쩔 수 없었어."

남천은 희미한 미소를 지었다.

만약 그때 말했더라면 그는 아버지에게 바로 고자질했을 것이다.

물론 결국엔 아버지께 들키고 말았지만.

"어떻게 지냈어?"

황복은 궁금한 얼굴로 물었다.

과연 남천이 집을 뛰쳐나가 무엇을 했을까. 그는 남천이 사라진 날부터 별의별 생각을 다했다.

어디서 장사를 하고 있을지. 아니면…….

아니, 그보다 그가 왜 집을 나가야 했는지조차 모르고 있었다. 남위량은 단순히 그가 하고 싶은 일이 있어 나갔다고만 말했기 때문이다.

"무공을 익혔어."

남천의 대답이 의외였는지 황복의 눈이 화등잔만 해졌다.

"진짜?"

"그래."

그는 남천을 새삼스럽게 위아래 훑어보더니 팔뚝을 만졌다.

"탄탄한 몸이네. 얼마나 익힌 거야?"

"그냥. 그럭저럭"

남천은 말을 얼버무렸다.

"설마 나보다 더 고수가 된 건 아니겠지? 그러면 안 되는데. 혹시 어렸을 때 나한테 맞았던 옆구리가 아직 낫지 않았어? 그래서 그거 복수하려 온 거야?"

장난스런 황복의 말에 남천은 조용히 미소만 지었다.

사실 남천은 금난영에게 진실을 물어보고 싶어 답답했다. 하지만 오랜 친구와 해후하자마자 그런 것을 물어보는 것은 친구에 대한 예의가 아니었다.

그래서 남천은 다른 이야기를 꺼냈다.

역할을 맡아 함께 무사 놀이를 즐겼던 이야기, 부모님에 대한 이야기. 그러다 금난영과의 관계에 대해 화제가 바뀌자 황복은 신이 나서 어떻게 혼인까지 가게 됐는지 그 과정에 대해 흥미진진하게 이야기했다.

덕분에 남천은 많은 것을 알게 됐다.

어렸을 때부터 황복이 지극히도 금난영을 좋아했다는 사실, 하지만 그녀는 먹기만 해대는 그를 탐탁지 않아 했고, 때문에 짝사랑을 이룩하고자 갖가지 노력을 해야만 했던 황복의 구구절절한 이야기들.

그러나 정작 중요한 사실은 알 수 없었다.

금난영이 정말 백화선궁의 후예인지 말이다.

그렇게 반 시진이 흘렀을 때쯤 남천은 크게 심호흡을 하고는 금난영을 바라봤다.

"난영아, 하나 묻고 싶은 게 있는데 솔직히 말해주었으면 해."

금난영은 갑작스레 남천이 진지하게 말을 꺼내자 흠칫했으나 이내 환히 웃으며 입을 열었다.

"뭐든지 물어봐. 다 말해줄 테니."

"다름이 아니라……."

남천은 막상 말을 하려니 과연 뭐라 해야 할지가 망설여졌다.

'네 부모님이 친부모님이 맞아?' 라고 묻는 것은 아무리 친구사이라도 할 수 없는 말이었고, 직설적으로 '백화선궁에서 왔어?' 라고 물어보기도 애매했다.

한참을 고민 끝에 결국 남천은 적당한 말을 찾아내었다.

"혹시 너 무공을 익혔니?"

"……?"

"……?"

순간 황복과 금난영은 약속이라도 한 듯 멍한 표정이 되었다.

그러다 한참 만에야 황복이 남천의 어깨를 두드리며 웃었다.

"하하. 너 왜 그래? 얘는 무공은 전혀 몰라. 그래서 표사가 아닌 쟁자수잖아. 너도 잘 알면서 그래."

하나 남천은 여전히 진지했다.

"나는 직접 너에게 듣고 싶어. 우리가 이미 아는 사실 말고. 정말 무공을 익힌 적이 없니?"

금난영은 정말 남천이 왜 이런 질문을 하는지 모르겠다는 듯 어리둥절한 표정으로 고개를 저었다.

"당연히 없지. 근데 왜 갑자기 나한테 그런 걸 물어?"

남천은 양어깨의 힘이 풀렸다.

이대로 자리에 주저앉고 싶었다.

'아… 아니었나. 정말… 정말…….'

여기까지 왔는데, 혹시나 하고 왔는데 정말 자신만의 착각이었단 말인가.

남천은 침통한 마음을 숨기지 못하고 얼굴이 일그러졌다.

"어? 천아, 왜 그래?"

옆에서 황복이 깜짝 놀라 남천의 어깨를 흔들었지만 남천은 금난영에게 고정시킨 눈을 떼지 않았다.

그리고 그의 입에서 간절한 음성이 새어 나왔다.

"정말이니? 정말 무공을 익히지 않았어? 내 동생의 목숨이 달린 일이야. 그러니… 정말 비밀로 할 테니 나에게만이라도……."

"하지만 난……."

금난영이 난처한 듯 황복에게 눈길을 주다 다시 뭐라 대답하려 할 때였다.

"뉘시오?"

갑작스레 월한청의 낮은 음성이 들려왔다.

남천은 정신이 없어 모르고 있었지만 어느새 수레는 멈춘 상태였다.

이상함을 느낀 남천이 고개를 돌리자 관도의 한가운데에는 키가 작달막한 사람이 양손을 바지춤에 깊게 꽂은 채 길을 막고 있었다.

또한 그는 피처럼 붉은 홍포를 입고 있었는데 그 모습이 작은 키와 어우러져 기괴한 형상을 자아냈다.

남천은 그를 보며 금난영으로 인해 잠시 흐트러졌던 정신을 가다듬었다.

정체는 알 수 없었으나 표행을 이처럼 가로막은 것을 보아 그가 좋은 생각을 품고 있지 않으리라는 사실은 누구나 쉽게 짐작할 수 있었다.

그는 월한청의 말에도 한참 동안 노려만 보고 있다가 입꼬리를 스윽 치켜올렸다.

"낙풍도, 이런 허드렛일을 하는 별 볼일 없는 놈이었군."

월한청의 눈빛이 천천히 가라앉았다.

자신을 격동시키려 하는 말인지는 모르나 이런 때일수록 침착하게 대응해야만 했다.

"별 볼일 없는지 있는지는 내가 결정할 문제니 당신이 상관할 바가 아니오. 한데 내 말엔 대답하지 않는 거요?"

키 작은 사내의 미간이 살짝 찌푸려졌다.

"나를 못 알아봐?"

그는 상대가 자신을 알아보지 못하자 자존심이 상한 듯했다.

그러나 월한청은 여전히 모르겠다는 표정으로 고개를 저었을 뿐이었다.

"이것을 보고도 그런 말을 하나 보겠다."

그는 거칠게 소리치더니 바지춤에 있던 양손을 꺼내 들었다.

팟!

그 순간 강한 광채가 그의 손에서 뿜어져 나왔다.

아니, 정확하게 말하자면 그의 손에 씌어져 있는 물건으로부터였다.

햇빛을 받아 번쩍이고 있는 붉은 금속으로 이뤄진 수투!

수투의 열 손가락에는 다섯 치 길이의 날이 날카롭게 솟아 있었다.

그의 기괴한 병기를 대하는 순간 월한청의 얼굴에 경악의 빛이 스쳐 지나갔다.

하나, 이를 보지 못한 황복은 앞으로 한 걸음 나서며 소리쳤다.

"거 이상한 물건 들이대지 마시고 옆으로 비키쇼! 우린 바쁜 몸들이오!"

황복으로선 한 떼의 산도둑들도 아니고 이런 대낮 관도에서 자신들의 길을 막는 사람이 있으리라고는 미처 생각하지 않았다.

표물조차 별 볼일 없는 물건이지 않은가?

"뭐라?"

남자의 눈에서 매서운 안광이 뿜어져 나오더니 황복을 난도질하듯 파헤쳤다.

'헛!'

황복은 자신도 모르게 숨을 들이켰다.

눈빛만으로 사람을 죽일 수 있다면 바로 저런 눈빛이리라.

황복이 예기치 못한 살기에 당황하고 있자 월한청이 한쪽 손을 치켜들었다.

"자네는 물러서 있게."

그는 이어 한 걸음 나서며 빙긋 웃었다.

"야명혈조(夜明血爪)께서 예까지 어인 일이오."

"이제는 알아보겠냐?"

"설마하니 사천에서 이곳까지 왔으리라고는 미처 생각지 못했구려. 용서를 빌겠소."

황복은 어리둥절한 표정으로 월한청을 쳐다봤다.

대홍표국의 자랑이랄 수 있는 그가 저리 저자세를 보이다니 믿고 싶지 않은 광경이었다.

그러나 월한청으로서는 이게 최선의 방법이었다.

야명혈조 옹대립은 결코 쉽게 상대할 만한 인물이 아니었다.

그는 비록 사천 전체를 아우르는 절정고수라곤 못해도 금천 일대에서는 가히 그를 두려워하지 않는 이가 없을 정도였다.

손속 또한 잔인하여 그의 눈에 잘못 든 자치고 몸 성히 시신을 보전한 사람조차 없었다.

만약 홀로의 몸이었다면 월한청은 담담히 그를 맞을 수도 있었을 것이다. 하지만 지금은 표행 중. 자기 좋을 대로만 할 수 없는 노릇이었다.

"흐흐흐. 용서를 빌 필요까지는 없고 난 단지 네놈들 목숨만 거둬 가면 된다."

"우리의 목숨이 무슨 값어치가 있다고 그러는 것이오?"

월한청은 그와 초면이었다.

그래서 표물을 강탈하려 한 게 아닌가 하는 의심을 하고 있던 터라 그의 대답은 오히려 궁금증만 자아냈다.

"그냥."

옹대립은 대수롭지 않은 듯이 중얼거렸다.

하나 여기 있는 사람치고 그의 말을 곧이곧대로 들을 사람은 없었다. 심심풀이를 하기 위해 사천에서 이곳 안휘성까지 올 사람이 누가 있겠는가?

옹대립은 차마 표물을 노리고 왔다고는 말이 나오지 않았다.

녹림채라면야 또 모를까, 야명혈조 옹대립이 표물을 탈취했다는 말을 듣기는 싫었다.

"표물을 노리고 온 것이오?"

"......!"

월한청이 정곡을 찔렀다.

"그냥 목숨만 내놓으면 되는 것을 뭔 말이 그리 많으냐!"

내심을 들킨 옹대립은 갑자기 크게 소리치며 월한청을 덮쳐 갔다.

그의 혈조에서부터 뿜어져 나온 서늘한 적광이 현란하게 허공을 어지럽혔다.

느닷없는 기습.

그러나 낙풍도라는 별호는 내기로 얻어진 것이 아니었다.

채챙!

어느 순간 빼 들었는지 하얀 백광이 혈조를 튕겨냈다.

"제법이구나!"

옹대립은 가볍게 소리치더니 본격적으로 삼십이수 박폭혈수(剝瀑血手)를 전개하기 시작했다.

비록 그는 몸은 작았지만 무공은 대단하여 사방 일 장이 그가 휘두르는 혈조로 가득 매워졌다.

빈틈을 찾기 어려운 빠르고도 날카로운 조법.

이에 반해 월한청이 펼치는 낙풍도법은 진중하면서도 웅혼했다.

일견 느릿하게 보였으나 그토록 빠른 옹대립의 혈조는 번번이 월한청의 도에 막혀 튕겨 나가기 일쑤였다.

티팅. 채채챙!

연신 쇠와 쇠가 맞부딪치는 소리가 중인들의 귀청을 때려 댔다.

도법뿐만이 아니라 보법 또한 두 사람은 판이하게 달랐다.

옹대립은 자신의 체격에 맞는 신법을 펼치고 있었다.

그의 조법과 우열을 가리기 힘들 정도로 재빨랐다. 이에 반해 월한청은 두 걸음 이상을 움직이지 않는 매우 정적인 보법이었다.

한 사람은 사방으로 신형을 번뜩이고 또 한 사람은 거의 제자리에서 움직이지 않는 기묘한 상황.

마치 말벌이 풍뎅이를 공격하는 듯 보였다.

하나 공통점도 있었다.

두 사람이 펼치는 한 수 한 수가 모두 상대의 목숨을 끊을 요량으로 펼쳐지고 있다는 것이었다.

단 한 번의 실수, 그것은 곧 죽음을 뜻했다.

이런 무시무시한 살풍경을 바라보는 황복은 입이 떡 벌어졌다.

그는 한 번도 이런 결투를 본 적이 없었다.

아니, 그보다 표사가 된 지 일 년이 다 되어가지만 그동안 단 한 번도 실전을 치러본 적도, 생사를 겨룬 결투를 본 적도 없었다.

오금이 저려왔다.

피가 마르고 침이 말랐다.

"복아."

금난영이 걱정스러운 눈빛을 하며 황복을 불렀다.

그러나 황복은 자신을 부르는 말이 들리지 않는지 한시도 결투에서 눈을 떼지 못했다.

대신 남천이 그녀를 돌아봤다.

그리고 남천은 확실히 깨달을 수 있었다.

완연히 겁먹은 눈빛.

금난영은 무인이 아니었다.

진정한 무인이라면 죽을지언정 저런 눈빛은 하지 않았다.

더구나 금난영이 진정 남천이 찾는 사람이었다면 절대 보이지 않았을 눈빛이었다.

남천은 수심에 잠기듯 고개를 숙였다.

'역시… 난영이는 아니었구나.'

이곳을 찾아오면서도 혹시나 했다. 기대는 채 삼 푼도 하지 않았다.

그런데도 이렇게 가슴이 찢어질듯 아파오는 이유는 뭔가?

자신이 이럴진대 만약 남궁상연이라면?

그녀가 찾아갈 사람은 그나마 가능성이 가장 높은 사람들이었다. 그런데도 아니라면… 그녀가 느낄 상실감은 자신에 비할 바가 아닐 것이다.

"만약 그렇더라도 너무 실망하지 마십시오. 반드시 찾을 수 있을 겁니다."

남천은 남궁상연에게 하는 말인지 자신에게 하는 말인지 모를 말을 조그맣게 중얼거렸다.

그리고는 고개를 번쩍 들었다.

"난영아, 걱정하지 마."

더 이상 그의 음성에는 어떤 불안이나 낙심의 기운이 들어 있지 않았다.

남천은 어느새 부드러운 미소를 짓고 있었다.

"어?"

금난영은 예전의 그로 돌아온 남천을 의아하게 쳐다봤다.

"아무 일도 없을 거야. 그러니 넌 걱정하지 않아도 돼."

그녀는 남천이 무슨 말을 하는지 이해하지 못한 듯 멍한 표정이었다.

마치 결투를 쳐다보고 있는 황복의 그것처럼.

남천은 다시 결투로 시선을 돌렸다.

이미 사십 초가 넘었건만 두 사람은 장도와 혈조를 각기 휘두르며 치열하게 싸우고 있었다.

하지만 남천은 이미 승부를 어느 정도 예측하고 있었다.

두 사람의 숨겨진 정도의 차이는 있겠지만 이를 감안한다 하여도 필시 월한청의 승리였다.

이를 보여주기라도 하듯 장내의 상황이 일변했다.

"이제 본심을 드러내는 것이 어떻겠소?!"

장도를 수직으로 쳐올리며 월한청이 소리쳤다.

차창!

연이어 혈조를 휘둘러 장도를 막아낸 옹대립은 충격을 줄이려 뒤로 신형을 날리며 씹어뱉듯 소리쳤다.

"그냥 왔다지 않느냐!"

그는 분노가 치미는지 어깨를 씩씩거렸다.

사실 옹대립은 답답해 미칠 지경이었다.

단번에 끝장낼 줄 알았건만 이미 박폭혈수 전중반 초식을 모두 쏟아 부었는데도 그의 옷자락 한 번 건드리지 못했다.

예상외의 결과였다.

소문으로 듣던 월한청의 실력이라면 몇 수 안에 목숨을 취할 수 있으리라 생각했다.

때문에 자신있게 혼자 나선 것이다.

지금 벌어지고 있는 상황은 전혀 그가 원하던 게 아니었다.

'젠장, 저놈이 저리 고수였나?'

소문이란 왕왕 과장된다더니 이건 과장이 아니라 엄청나게 과소평가된 것이다.

'어쩐지 그 대머리자식이 뒤로 물러서더라니, 다 이유가
있었구나!'

"으아아!"

옹대립은 울분을 치미는지 크게 고함을 지르더니 하늘로
신형을 솟구쳤다.

이어 허공에서 재주를 몇 번 넘고는 곧장 월한청의 정수리
를 노리고 떨어져 내렸다.

그의 혈조에서는 이전에 비해 더욱 강렬한 적광이 발해지
고 있었다.

월한청의 눈에서 강렬한 안광이 폭사되었다.

"차앗!"

그는 장도를 단단히 고쳐 잡고는 커다란 기합 소리와 함께
그대로 위로 쳐올렸다.

쉬아악!

허공을 반으로 가르는 백광!

그 끝에는 한 쌍의 혈조가 있었다.

콰앙!

"큭!"

굉음이 터져 나왔다. 뒤이어 누구의 것인지 모를 신음 소리
가 뒤따랐다.

그리고 허공으로 피가 솟구쳤다.

"쿨럭쿨럭."

장도와 부딪친 충격에 다시 허공으로 떠오른 옹대립은 연신 기침을 해댔고 입술 사이로는 피가 배어 나왔다.

또한 좌수에 끼고 있던 혈조는 어느 틈엔가 깨끗이 잘려 나가 있었다.

'마… 말도 안 돼.'

그의 얼굴엔 불신의 빛이 가득했다.

'이렇게 된 이상!'

이를 악물었다.

옹대립의 신형이 떨어져 내리고 있었다.

그런데 떨어져 내리는 그곳엔 누군가가 아무런 방비도 않은 채 멍청한 얼굴로 그를 올려다보고 있었다.

"엇!"

월한청은 옹대립이 설마 자신과의 결투 중에 다른 사람을 노릴 줄은 몰랐는지 두 눈을 부릅떴다.

막으려 했지만 그러기엔 너무 멀었다.

"네놈이 나를 능멸했겠다!"

옹대립의 눈이 진득한 살기로 번들거렸다.

"어… 어……."

황복은 갑작스런 사태에 놀라 움직이지 못했다.

그가 우물쭈물하는 순간, 옹대립의 온전한 혈조가 무서운 속도로 황복의 심장을 향해 쇄도해 들어갔다.

쐐애액!

"아악!"

황복의 뒤에 있던 금난영이 두 눈을 가리며 찢어지는 비명을 질렀다.

그녀는 눈을 가리고 있음에도 곧 있을 광경이 눈에 선하게 떠올랐다.

옹대립의 무시무시한 혈조가 황복의 가슴을 관통하고 등 뒤로 튀어나오는 모습이…….

탁.

그러나 소리가 이상했다.

사람의 몸을 꿰뚫는 소리치고는 너무나 가볍고 조용했다.

금난영은 가늘게 눈을 떴다.

그녀의 눈에 황복 옆에 서 있는 남천의 등이 들어왔다.

그리고 황복의 등에 가려 자세히 보이진 않았지만 옹대립의 상태가 어딘가 이상한 것 같았다.

"크으으."

옹대립의 입술을 뚫고 비틀린 신음이 새어 나왔다.

그의 혈조는 황복의 가슴 한 치 앞에서 남천의 손에 잡혀 있었다.

마치 시간이 멈춰 버린 듯 모든 이의 시선이 혈조에 고정된 채 움직이지 못했다.

특히 옹대립의 혈조와 방금 전까지 다투던 월한청의 얼굴은 경악으로 물들어 있었다.

그는 혈조의 위력을 잘 알았다.

옹대립의 마지막 공격을 막은 것은 숨겨놓았던 진력까지 끌어올려서야 가능했다.

한데 그런 혈조를 청년은 맨손으로 움켜잡았다.

육장만으로 상대의 병기를 무력화시키는 무공.

일수만병파의 무공이 아니고 또 무엇이 있겠는가.

"패… 검무자."

그는 자신도 모르게 중얼거렸다.

그제야 청년이 자신을 남천이라 밝힌 사실을 기억해 냈다.

한편 옹대립은 손을 빼내려 남아 있는 모든 내력을 끌어올렸지만 꿈쩍도 하지 않았다.

그의 고개가 서서히 돌아갔다.

"너… 넌?"

그의 안색은 백지장처럼 창백했다.

남천은 지그시 그를 내려다보다 담담한 목소리로 입을 열었다.

"남천이라 하오."

"……!"

옹대립은 뭔가 말을 하려 했지만 입만 벙긋거릴 뿐 소릴 내지 못했다.

뿐만 아니라 머리가 비어버린 듯 아무 생각도 이어지지 못했다.

순식간에 그의 내력이 산산이 흩어졌다.

혈조를 타고 들어온 미지의 내기가 전신에 깃든 진력을 가닥가닥 풀어헤쳤기 때문이다.

그는 눈이 서서히 까뒤집더니 결국엔 땅바닥에 쓰러져 버렸다.

살기를 풀풀 날려대던 옹대립이 마치 힘없는 노인처럼 쓰러지자 사위엔 한동안 정적만이 감돌았다.

잠시 후 정신을 차린 월한청이 남천에게 다가왔다.

그는 뭔가 말을 하려 하다가 남천의 시선이 숲을 향하는 것을 보고는 급히 입을 다물었다.

"이제 그만 모습을 드러내는 게 어떻겠소?"

第四十三章

백천지공(白天之功)
一회천결의 위력

藍天俠傳

俠

남천의 말이 끝나자 조용하던 숲 속에서 부스럭대는 소리
가 들리더니 뒤이어 한 떼의 사람들이 길가로 걸어나왔다.

'이렇게나 많은 이들이 숨어 있었단 말인가?'

월한청은 속으로 놀라움을 금치 못했다.

'헛살았군.'

그는 또한 부끄러웠다.

자신은 이들의 기척조차 발견하지 못했거늘 자신의 반 정
도도 되지 않은 나이의 남천이 이를 알아챘으니 말이다.

'과연 일수만병파의 제자인가.'

월한청은 남천을 놀랍다는 표정으로 바라보았지만, 정작

남천은 막 모습을 드러낸 이들로부터 눈을 떼지 않고 있었다.

"하하하. 이거 생각지도 못한 고인이 숨어 있었군."

남천은 가장 먼저 말문을 연 중년인에게 시선을 돌렸다.

훤칠한 키에 청광석 귀걸이를 착용한 그는 만면 가득 웃음을 짓고 있었다.

자신들의 동료 중 한 명이 땅바닥에 널브러져 있는데도 그는 전혀 신경 쓰지 않는 듯했다.

"대흥표국에 그대 같은 고수가 있다는 말은 듣지 못했는데 새로 들어온 표두인가 보군. 실례가 되지 않는다면 이름을 알 수 있겠소?"

그는 마치 친우 집에 놀러온 사람처럼 여유로운 모습이었다.

사실 청광석의 중년인은 지금의 사태가 전혀 두렵지 않았다.

비록 예상외로 맥없이 당하긴 했지만 옹대립은 여기 모인 사람들 중 가장 하수에 속했다.

거사라는 것은 항상 변수가 있기 마련이다.

이 정도의 일은 언제라도 일어날 수 있었다.

그러나 이어지는 남천의 대답은 그의 안색을 돌처럼 딱딱하게 변화시켰다.

"나는 남천이오."

청광석의 중년인은 뚫어질 듯 남천을 쳐다보다 땅바닥에

누워 있는 옹대립의 혈조에게 시선을 돌렸다.

눈앞의 청년이 지금 자신의 머릿속에 떠오른 자가 맞다면……

"……!"

혈조는 형체를 알아보지 못할 정도로 우그러져 있었다.

그의 고개가 획, 하니 남천에게 돌아갔다.

"당신이 패검무자요?"

"그렇소."

중년인의 눈꼬리가 미세하게 씰룩였다.

"당신은 죽었다고 들었소만?"

"소문이란 틀릴 때도 있는 법이오."

"그렇다면 당신이 진짜 그 패검무자란 말이군."

"그렇소."

"한데 언제부터 대흥표국의 일에 끼어든 거요?"

그는 처음에는 남천을 표두 중의 한 명일 것이라 생각했지만 지금은 바뀌었다.

무신의 제자가 일개 표국의 표두 따위가 될 리 없었다.

남천은 잠시 물끄러미 그를 쳐다보다 불쑥 물었다.

"나에 대한 궁금증 때문에 표행을 막은 것이오?"

"……!"

중년인은 일시지간 말문이 막혔다.

"맞소. 우리가 이러자고 모인 건 아니지 않소!"

그의 뒤에 서 있던 덩치 큰 거한이 소리치며 한발 나섰다.

중년인의 미간이 미미하게 찌푸려졌다.

그렇지 않다는 것은 자신도 잘 알았다.

하지만 죽었다던 패검무자가 느닷없이 나타나자 심신이 크게 동요되었다.

그 때문에 그만 필요없는 말을 주절거린 것이다.

자신이 모은 사람은 이미 쓸모없어진 옹대립을 빼고도 일곱이었다.

이 정도의 인원이라면 제아무리 무신의 제자라 해도 뼈를 추리지 못하리라.

그렇지만 무언가 알 수 없는 불길함이 그의 발목을 잡고 있었다.

청광석의 중년인이 계속 주저하고 있는 듯 보이자 대한이 등에서 커다란 도끼를 꺼내 들더니 주위를 돌아보며 호탕하게 소리쳤다.

"어차피 예까지 왔는데 상대가 패검무자면 어떻고, 패검유자면 어떻소. 안 그렇소?!"

선장을 집고 있던 대머리가 옆에 있는 두 명의 동생을 바라봤다.

그들은 원래 세 쌍둥이였는데 동생들은 머리카락이 무성하게 자라 있다는 정도만 다를 뿐 큰 차이가 없었다.

동생들은 약속이나 한 듯 동시에 고개를 끄덕였다.

망설일 필요가 없다는 뜻.

이에 대머리 역시 나서며 찬동했다.

"맞소. 패검무자가 일수만병파의 제자라고는 하나, 소문대로라면 창해극의 일초지적도 못 되었다 했소. 그리고 여기서 저놈들을 모두 죽여 없앤다면 소문이 새어나가지도 않을 것이니 걱정할 필요 없지 않겠소?"

청광석의 중년인은 대머리를 매섭게 쏘아봤다.

'멍청한 놈. 소문이 사실대로라면 저놈이 우리 앞에 서 있을 수 있겠느냐?'

그는 한 소리 하고 싶었지만 거사를 앞두고 괜히 이들의 사기를 떨어뜨릴 수는 없었다.

오히려 무슨 생각에서인지 그는 시원하게 웃으며 대답했다.

"당신 말이 맞소. 아무래도 내가 너무 소심했나 보오."

"하하하! 진즉 그렇게 나왔어야지."

대한은 커다란 웃음을 터뜨리더니 남천의 앞에 떡하니 버티고 섰다.

"일수만병파에 대한 소문은 많이 들어왔다. 그는 모든 병기를 깨부순다고 하던데 나의 이 앙천대부(仰天大斧)는 어림없을 것이다."

"앙천대부? 하면 그대가 양두벽이오?"

월한청이 급히 묻자 그는 씨익 웃으며 대답했다.

"그렇다. 내가 바로 양두벽이시다."

앙천대부 양두벽.

그가 강호를 횡행한 지 어언 이십 년, 단순하고 무식했지만 무공이 뛰어나 그의 손에 죽어간 무인을 헤아리기 어려울 정도였다.

또한 정파인이든 사파인이든 자신의 마음에 들지 않는 사람을 닥치는 대로 찍어 죽여 그의 연고지 난주(蘭州)에서는 타 무인들에게 난주의 살성이라 불렸다.

월한청은 그의 무공이 결코 자신의 아래가 아니라는 사실을 직접 겨뤄보진 않지만 이렇게 보는 것만으로도 확연히 느낄 수 있었다.

그는 다른 사람들을 눈여겨봤다.

그 어느 한 사람 자신보다 뒤져 보이지 않았다. 특히 처음 말을 꺼낸 청광석의 중년인은 자신으로서는 측량하기 어려운 고수임에 틀림없었다.

월한청은 속으로 깊은 한숨을 내쉬었다.

'오늘을 무사히 마치기는 틀렸구나.'

아무리 패검무자가 있다고는 하지만 두 사람만으로 저들 모두를 상대하는 것은 그야말로 어불성설이었다.

자신은 한 명은 모르겠지만 두 명과 겨룬다면 필패였다.

그리고 패검무자 역시 자신보다는 고수이겠지만 셋과 겨룬다면 살아남지 못하리라.

월한청의 얼굴에 암울한 기운이 서렸다.

그러나 한편으론 궁금증이 치밀었다.

'도대체 저런 고수들이 왜?'

저만한 고수들이라면 두셋이 모이기도 어려웠다.

뭔가 그들의 흥미를 끌 만한 기보라도 있다면야 또 모를까, 그러지 않고서는 어림도 없는 일이었다.

한데 이번 표물은 분명 잡곡이었다.

아니면 또 다른 뭔가가 있는 것일까?

그는 고개를 설레설레 저으며 남천에게 넌지시 말했다.

"아무래도 우리가 이들 모두를 상대하긴 힘들 것 같네. 그러니 자네는 우리 눈치를 보지 말고 몸을 빼는 게……."

남천은 사실 표물과는 하등 상관이 없었다.

하니 그가 간다고 하면 굳이 그들도 쫓지 않을 것이었다.

물어보지 않아도 그들의 목표는 표물이었다. 비록 그에 어떤 비밀이 있는지는 모르겠지만.

이에 남천의 얼굴이 살짝 굳어졌다.

"말씀은 감사합니다만, 이곳엔 제 친구들이 있습니다. 그들을 놔두고 저 혼자 가라는 말씀이십니까?"

"아……."

월한청은 남천을 생각해서 한 말이었지만 어찌 보면 그를 무시하는 말과도 같았다.

이를 깨달은 월한청은 급히 사죄했다.

"미안하네. 내가 그만 실수했네."

남천은 굳어졌던 얼굴을 풀고는 부드럽게 웃었다.

"아닙니다. 어떤 뜻에서 그런 말씀을 하셨는지 알고 있습니다. 오히려 저의 입장에선 감사해야지요."

"흐음. 그렇다면 자네 생각은 어떤가? 솔직히 말하자면 나는 자신이 없네만."

"어찌 그리 약한 말씀을 하십니까. 제가 보아하니 저들은 한 떼의 산도적일 뿐인데 말입니다."

"뭣? 산도적?"

양두벽이 두눈을 무섭게 치켜뜨며 소리쳤다.

난주의 살성이 졸지에 산도적 떼 중의 한 명이 되고 말았다.

"아… 아니, 저들은 산도적이 아니라……."

남천이 그들의 진면목을 오해하고 있는 듯하자 월한청은 급히 설명을 하려 했다.

하지만 남천은 손을 들어 그를 제지하고는 담담한 목소리로 말했다.

"산도적이 맞습니다. 저들만 그런 사실을 모르고 있는 것뿐이지요. 그렇지 않습니까?"

"……."

월한청은 할 말을 잊어버렸다.

말이야 맞는 말이었다.

산길에서 표물을 노리고 온 무리들이 산도적이 아니고 무엇이란 말인가?

남천의 말에 앙두벽의 검은 얼굴이 검붉게 달아올랐다.

"뒈져라!"

귀청을 떨어 울리는 커다란 고함 소리와 함께 그의 앙청대부가 하늘 높이 쳐들렸다.

그리고는 벼락처럼 떨어져 내렸다.

휘아앙!

"피하시오!"

월한청은 자신도 모르게 버럭 고함을 질렀다.

그러나 비록 경고의 소릴 지르긴 했으나 그가 보기에도 남천이 피하기엔 너무 늦어 보였다.

남천은 고개를 들어 대부를 지그시 응시하다 느릿하게 손바닥을 펴 우수를 자신의 머리 위로 얹었다.

그러자 기다렸다는 듯이 남천의 손바닥 위로 대부가 맹렬히 떨어졌다.

콰앙!

어이없게도 살가죽과 대부가 부딪쳤음에 엄청난 굉음이 터져 나왔다.

충격이 얼마나 대단했는지 남천이 서 있던 주위로 둥그런 원을 그리며 자욱이 먼지가 피어올랐다.

"커억!"

오히려 공격을 한 앙두벽의 입에서 격한 소리가 터져 나왔다.

대부에 실린 역도를 스스로 감당해 내지 못한 것이다.

"저… 저게……?"

"어?"

월한청을 비롯한 중인들은 찢어져라 눈을 부릅떴다.

무엇으로 만든 손이기에 저처럼 강맹한 대부를 막아낸단 말인가?

직접 눈으로 보고 있으면서도 도저히 믿지 못할 광경이었다.

"이… 이……."

자신의 대부를 막아냈기 때문에 오는 분노인지 아니면 고통 때문인지 몰랐지만 앙두벽은 전신을 부들부들 떨었다.

"으아아아!"

그는 비명인지 기합인지 모를 소릴 지르더니 또다시 대부를 내리찍었다.

쾅!

그래도 남천의 손이 부러지지 않자 이젠 아예 정신이 나간 사람처럼 연이어 도끼질을 해댔다.

"뒈져라, 뒈져!"

쾅쾅쾅!

오금을 저리게 하는 살풍경이었다.

남천도 지쳤는가.

그는 단 한 번의 반격도 없이 십여 번이나 앙두벽의 공격을
받아주더니 드디어 나머지 한 손을 움직였다.

남천이 떨어져 내리는 앙두벽의 손목을 노리고 좌수를 빛
살처럼 쳐올렸다.

쉭!

앙두벽은 그 모습을 봤으나 눈에 들어오지 않았다.

그보다 이미 그는 이성을 잃어 오로지 대부를 내리찍는 데
에만 정신이 팔려 있었다.

하나, 그 대가는 큰 것이었다.

퍼억! 촤악! 쿠앙!

앙두벽의 양 손목이 그대로 잘려 나갔다.

피가 허공으로 솟구쳤다.

그의 대부가 빗나가며 남천의 옆 땅을 후려치며 굉음을 자
아냈다.

실렸던 힘을 보여주기라도 하듯 대부가 땅바닥에 깊은 구
덩이를 만들며 박혀들었다.

주인을 잃은 두 개의 손을 매단 채.

"어… 어?"

앙두벽은 멍한 눈으로 자신의 두 팔을 내려다봤다.

피분수를 뿜고 있는 두 팔.

그는 방금 전 무슨 일이 일어났는지 인지하지 못하는 듯

했다.

중인들은 이 끔찍한 광경에 온몸이 얼어붙었다.

"너?"

앙두벽은 부들부들 떨며 남천을 쏘아봤다.

"남의 목숨을 앗으려 했을 때는 그만한 각오를 했겠지. 그렇지 않소?"

"너 이 자식, 감히 내 손을!"

"그만 쉬시오."

이젠 그의 말이 듣기 싫었다.

어차피 죽어야 할 자들이었다.

남의 목숨을 벌레만도 못하게 보는 자들. 그들도 똑같은 취급을 받아야 했다.

남천의 우장이 앙두벽의 가슴을 향했다.

그 순간,

퍽!

"컥!"

강렬한 무언가가 그의 가슴을 격타했다.

그리고 앙두벽의 몸에 정체를 알 수 없는 기운이 뚫고 들어왔다.

그 기운은 기혈을 따라 빠른 속도로 전신으로 퍼져 가더니 혈맥을 틀어막기 시작했다.

"끄어어……!"

숨을 쉴 수 없었다.

사지가 뻣뻣해지고 몸이 돌처럼 굳어가는 기분이다.

'독!'

이것이 그가 한 마지막 생각이었다.

쿠웅!

거대한 앙두벽의 몸이 땅에 처박혔다.

그의 전신은 죽은 지 오래된 사람처럼 굳어 있었다.

바로 서자충천공이 백천에 이르러야만 시전할 수 있는 회천결(回天決)을 심은 결과였다.

회천결은 독이 아니다.

응축된 진기였다.

청해의 경지에서 발휘되던 고통을 일으키는 진기.

그것의 발전된 형태가 바로 회천결이었다.

일단 타인의 몸에 주입된 회천결은 모든 대혈과 세맥을 틀어막는다.

때문에 피가 굳고 전신이 굳고 종내에는 목숨까지 빼앗았다.

남천은 시신이 되어버린 앙두벽을 뒤로하고 청광석의 중년인이 이끄는 무리들을 향해 천천히 걸음을 옮겼다.

"헛!"

이를 보자 대머리는 자신도 모르게 한발 뒷걸음질쳤다.

이는 비단 그뿐만이 아니라 모든 이들이 주춤거리며 물러서고 있었다.

자신들과 비교해 큰 차이가 나지 않는 앙두벽이 청년의 옷자락 하나 자르지 못하고 죽어나갔다.

그들의 마음속에 떠오르고 있는 것은 바로 공포였다.

우드득.

청광석의 중년인은 끓어오르는 화를 자제하지 못하고 이를 깨물었다.

'쌍하도문 개새끼들, 헛소문도 정도껏이어야지. 저놈이 창해극의 일초지적이 못된다고?'

남천은 여전히 그들에게 다가가며 조용하니 입을 열었다.

"오지 않을 셈이오?"

청광석의 중년인 얼굴이 와락 구겨졌다.

이제 그와 거리는 채 이 장도 채 남지 않았다.

그는 주위의 한 떼를 돌아보며 할 수 없다는 듯 크게 소리쳤다.

"저놈을 죽이는 사람이 가장 먼저 보물을 볼 기회가 있을 것이오!"

그의 말은 과연 효과가 있었다.

주춤거리고 물러서던 사람들의 눈빛이 순식간에 달라졌다.

가장 먼저 반응 보인 사람은 대머리였다.

그는 동생들에게 눈짓을 하더니 선장을 질풍같이 휘두르

며 남천에게 돌진했다.

"이야야아!"

그와 동시에 뒤쪽에 있던 두 명이 각기 두 개씩 도합 네 개의 비도를 던져 냈다.

비도는 칠흑처럼 검으면서도 기이한 빛을 띠고 있었는데 일견에도 극독이 칠해져 있음을 알 수 있었다.

네 개의 비도는 처음에는 느릿했다.

그러나 대머리의 등 쪽에 가까워지자 네 방향으로 나눠지더니 그를 지나친 후에는 급속도로 빨라졌다.

쐐애애액!

느닷없이 나타난 네 줄기 섬광이 남천의 대혈을 노리고 폭사되어 갔다.

그리고 그 뒤로 대머리가 찔러내는 기다란 선장이 일직선으로 쏘아져 왔다.

네 개의 비도와 하나의 선장.

비도는 가벼우나 빨랐고 선장은 단순했으나 무거웠다.

다른 특색을 보이는 병기가 만나 절묘한 조화를 이뤘다.

광참삼가(光斬三技) 형제들의 세 손가락 안에 드는 절기, 오형만참(五形萬斬)이었다.

그들은 남천의 무서운 무공을 보고는 처음부터 성명절기를 펼쳐 낸 것이다.

하나 남천은 자신을 덮쳐 오는 서슬 퍼런 병기들이 보이지 않는지 여전히 느긋하게 걸으며 양손을 들어 가볍게 허공을 한번 휘저었다.

마치 더운 여름 손바람을 일으키는 듯한 모습이었다.

그러나 그 결과는 놀라웠다.

퍼퍼퍼펑!

그의 지척까지 도달한 네 개의 비도가 동시에 터져 나갔다.

그리고 이어지는 선장은 그대로 남천의 우수에 잡혀 버렸다.

"흡!"

대머리는 다급성을 들이키며 선장을 비틀었으나 이미 남천의 손아귀에 들어간 선장은 꿈쩍도 하지 않았다.

남천은 그의 눈을 노려보며 세차게 손을 떨쳤다.

우직.

"크아악!"

쇠로 만든 선장이 힘없이 비틀리며 우그러들었고 반대쪽 끝을 쥐고 있던 대머리는 그 충격에 팔이 빠져 덜렁거렸다.

그는 빠진 팔을 다른 팔로 감싸안고 붉게 충혈된 눈으로 남천을 쳐다보았다.

그의 눈빛은 심하게 떨리고 있었다.

이미 그에게 투지란 남아 있지 않았다.

남천은 걷는 속도 그대로 그의 코앞까지 다가가더니 좌수를 그의 머리를 향해 들어 올렸다.

대머리는 아무런 저항도 하지 못한 채 그런 남천의 행동을 지켜보고만 있었다.

그가 자신과 가까워지면서부터 몸을 움직일 수 없었다.

남천의 전신에서 뿜어져 나오고 있는 무형의 기운.

그것이 대머리의 움직임을 속박했다.

'사… 사술!'

그가 할 수 있는 것은 오로지 입을 벙긋거리는 것뿐이었다.

드디어 남천의 손이 그의 머리 위 백회혈에 닿았다.

그 순간, 강력한 진기가 몸 안으로 흘러들었다.

"크으……."

그는 짧은 신음 소리를 내뱉더니 곧이어 앙두벽과 같은 신세가 되고 말았다.

툭.

남천은 계속해서 걸어갔다.

"형님!"

"큰형!"

남은 두 동생이 그를 애타게 불렀다.

남천의 눈빛이 깊이 침잠되었다.

그는 잠시 눈을 감았다 다시 떴다.

더욱 깊이 가라앉아 그 끝을 알 수 없을 정도의 그윽한 눈빛. 한순간 드러났던 망설임은 어느새 자취를 감췄다.

"죽어라, 이놈!"

두 사람은 동시에 신형을 날렸다.

그들이 익힌 가장 빠른 신법이 전개됐고 그들이 익힌 가장 강한 장공이 펼쳐졌다.

사방이 그들의 장영으로 가득 뒤덮이며 회오리가 몰아쳤다.

그들 주위로 반 장가량이나 흙먼지가 피어올라 사위를 분간할 수 없게 만들었다.

쉬이이잉!

그들이 뿜어내는 매서운 장력 소리만이 흙먼지 안의 상황이 얼마나 무서운지를 가르쳐 주고 있었다.

중인들은 자세히 보려 눈을 가늘게 떴다.

한데 바로 그 순간,

퍼펑!

"크악!"

"악!"

맹렬한 폭렬음과 함께 허공으로 두 개의 신형이 삼 장가량 튕겨져 올라가더니 곧이어 땅에 떨어진 채 다시 삼 장을 주욱 밀려났다.

자세히 보지 않아도 중인들은 그 두 명의 정체가 쌍둥이들이며, 즉사했다는 것을 알 수 있었다.

휘휘휭.

남천을 둘러싸고 있던 흙먼지가 기이한 소리를 내더니 하늘로 뻗어 올라갔다.

그리고 아무도 없는 십여 장 밖으로 물러나 우수수 떨어져 내렸다.

시야를 가리는 흙덩이들이 방해가 되었던 것일까?

손짓을 통해 먼지를 날려 버린 남천은 여전히 청광석의 중년인을 향해 걸어가고 있었다.

'이… 이런 놈이 있다니!'

방금 보여준 무공은 거의 무신의 경지라 해도 과언이 아니었다.

자신은 비록 무신을 직접 보진 못했다고는 하나, 이보다 뛰어난 인간이 있으리란 생각이 들지 않았다.

물론 이는 어디까지나 청광석의 중년인 혼자만의 생각이었다.

남천이 생각하는 무신의 경지는 훨씬 윗 줄기였다.

지금의 자신과는 비교조차 할 수 없는 경지.

그에 도달하기 위해서는 앞으로도 몇십 년의 수련이 필요할지 모르는 일이었다.

하지만 청광석의 중년인의 눈에는 남천이 무신으로 보였다.

'이대로는 안 돼.'

처음의 생각이 완전히 바뀌었다.

이 정도의 인원으로는 어림도 없었다.

'다음 기회를 노리는 수밖에…….'

그는 결정을 내렸다.

이미 승산이 없다는 것을 알았으니 더 이상 이곳에 머물 이유가 없었다.

하지만 몸을 빼기 위해서는…….

"무엇들 하시오! 나도 손을 쓸 테니 저놈을 해치웁시다. 저놈만 사라지면 물건은 우리 것이오. 더 이상 지체하면 다른 놈들이 몰려온단 말이오!"

그는 크게 독려하고는 기다란 채찍을 허리에서 풀어 들었다.

이젠 넷밖에 남지 않은 사람들이었지만 청광석의 사내가 도울 거라는 말과 여차했다가는 자신이 몫이 없어지리라는 불안감에 그들은 병장기를 다시 고쳐 쥐었다.

"저놈이 대단하다지만 우리 다섯이 한 번에 덤벼들면 분명 빈틈을 보일 것이오. 누가 살아남든, 그가 물건의 주인이니 밑질 것은 없지 않겠소?"

네 명은 그 말에 조그맣게 고개를 끄덕였다.

절정고수 다섯의 합공이었다.

방금 전의 놀라운 무공이 거슬리긴 했지만 보물이 눈앞에 있는데 여기서 물러날 수는 없었다.

"좋소. 오늘 끝장을 봅시다. 이대로 물러서는 것은 내 자존심이 허락지 않소."

항산의 오대고수 중 하나이자 절정의 도객(刀客)인 분염도(分炎刀) 초국준이 청광석의 중년인의 말을 받았다.

그는 함께 온 다른 무인들과 달리 정도의 길을 걷던 인물이었다.

하나 무공에 대한 욕심이 그를 변화시켰다.

뼈아픈 패배가 그를 변화시켰다.

또 다른 항산 오대고수인 강청에게 패배한 후 그는 더 뛰어난 무공을 갈구했고, 그러던 차에 서찰을 받았다.

탁천극마록에 대한 서찰에서의 언급은 그를 이곳까지 한달음에 오게 만들었다.

그러니 그는 물러날 수 없었다.

눈앞에 무신의 제자가 있든, 무신이 있든 개의치 않았다.

그의 찬동에 힘을 얻은 것이었을까?

다른 사람들의 눈에서도 기광이 번뜩였다.

다섯 명은 자신들 모두가 일시지간 각자의 최고절기를 펼쳐 낸다면 남천도 당해내지 못할 것이라 생각했다.

양패구상을 한다 하더라도 적어도 한 명은 살아남을 수 있을 것이고, 그 한 명은 반드시 자기가 되리라 믿어 의심치 않았다.

"옳은 말이요. 셋에 모두 달려듭시다."

누군가가 의견을 내놨다.

합공이라고는 한 번도 해본 적이 없는 사람 다섯이 모였으니 제대로 효율적인 합공이 이뤄질 리 없었다.

오로지 한번에 덤벼드는 게 최선이리라.

'네가 나를 도와주는구나!'

청광석의 중년인은 비웃음을 참지 못했지만 겉으로는 태연하게 숫자를 세기 시작했다.

"하나."

그러는 동안에도 남천은 그들 한 명 한 명에게 시선을 주며 다가가고 있었다.

이제 겨우 일 장 반의 거리만 남았을 뿐이다.

"둘."

다섯 사람은 극도로 내력을 끌어올렸다.

몇몇 사람의 이마에서는 땀방울이 흘러내렸다.

"셋!"

"차앗!"

"으라랏!"

각기 다른 기합성을 내지르며 다섯 사람이 동시에 신형을 띄웠다.

절정고수 다섯이 내뿜은 위력은 가히 놀라웠다.

분염도 초국준이 그의 성명절기 분염칠도(分炎七刀)의 최후초식 일도직강금(一刀直鋼金)을 십성으로 펼치는 것을 비롯해 다른 사람 역시 각기의 최고 절초를 남김없이 펼쳐 냈다.

그러나 단 한 명.

청팡석의 중년인의 모습만이 보이지 않았다.

"어?"

누군가가 이를 눈치 채고 놀란 소리를 냈으나 이미 펼쳐지고 있는 초식을 거두기에는 늦었다.

남천이 처음으로 보법을 전개했다.

그는 그들보다 오히려 배는 빠른 속도로 맞부딪쳐 갔다.

"죽어랏!"

이를 본 초국준의 입에서 자신의 소망과도 같은 말이 튀어나왔다.

그러나 이는 오직 그의 바람일 뿐이었다.

쾅. 우드득.

남천이 휘두른 우수에 도는 가루로 화해 허공으로 터져 나갔고, 이어지는 좌장에 가슴뼈가 모조리 부러졌다.

푸악!

그의 입에서 시뻘건 핏물이 분수처럼 쏟아져 나오는 찰나, 남천의 신형은 어느새 그를 지나쳐 갔고 또 다른 자의 도를 깨뜨리고 목을 쳐내고 있었다.

초국준의 신법이 그들 중 가장 뛰어났다는 점이 가장 먼저 당하게 된 이유였다.

그는 쓰러지는 와중에 가까스로 뒤를 돌아봤다.

그의 눈에 세 번째 무인의 등뼈가 부러지는 모습이 들어왔다.

허공에는 그가 들고 있었으리라 생각되어지는 청강검이 형체를 알아볼 수 없게 우그러져 날아가고 있었다.

"흐흐……."

그는 어이없게도 웃음이 새나왔다.

자신이 겨우 이 정도였나?

무려 삼십 년을 무공에 매진했건만 이런 최후를 맞이하다니 허망하기 짝이 없었다.

툭.

드디어 그의 머리가 땅에 닿았다.

그리고 뒤이어 마지막 남은 무인의 처절한 비명 소리가 그의 귓가에 들려왔다.

'끝… 났군.'

그야말로 눈 깜짝할 사이였다.

초국준의 눈이 스르르 감겼다.

청광석의 중년인이 정작 자신들을 죽음으로 몰아넣고 줄행랑을 쳤지만 그에 대한 원망은 없었다.

어차피 그 역시 곧 자신의 뒤를 따라오게 될 테니.

그는 짙은 자조의 미소를 떠올린 채 그렇게 숨을 거뒀다.

남천은 저 멀리 도망가고 있는 청광석의 중년인을 쳐다보다 월한청을 돌아보며 입을 열었다.

"잠시만 기다려 주십시오. 곧 돌아오겠습니다."

월한청은 갑자기 남천이 자신에게 말을 하자 순간, 흠칫하다가 더듬거리며 대답했다.

"그… 그러게."

남천이 가볍게 고개를 끄덕이고 돌아서자 갑자기 그의 발 밑에서 폭음이 터져 나왔다.

파앙!

가라앉았던 흙먼지가 다시 뿌옇게 허공으로 치솟았다.

"욋!"

황복과 월한청은 손을 휘저어 눈앞을 가리고 있는 먼지들을 거둬냈다.

그러나 그곳에 서 있던 남천은 어느새 사라졌는지 보이지 않았다.

'이런 개 같은 일이!'

줄행랑을 치고 있는 청광석의 중년인은 속으로 연신 욕설을 내뱉었다.

오늘 일을 꾸미기 위해 얼마나 고생했던가?

무려 한 달간을 정보를 모으고 사람을 모으는 데 투자했다.

물건을 노리는 사람이 자신 외에도 있는 것을 알고 고수들로만 모으느라 더욱 힘이 들었다.

그렇게 철저하게 일을 준비했건만 이런 결과라니.

욕지기가 치밀지 않을 수 없었다.

"그놈만 나타나지 않았더라면……."

그는 방금 전까지만 해도 대홍표국 따위는 안중에 두지 않았었기 때문에 더욱 울화가 치밀었다.

'이렇게 된 이상 뒤를 노리는 수밖에는… 어!'

그는 무슨 이유에서인지 등 뒤가 서늘해지는 듯하자 고개를 돌렸다.

"헙!"

청광석의 중년인은 그 순간 혼이 달아나는 것 같았다.

이십여 장도 떨어지지 않은 곳에서 남천이 쫓아오고 있는 게 아닌가?

"미친!"

그는 신법 펼치는 데 모든 공력을 쏟아 부었다.

그러면서도 자신들이 모은 사람들에게 욕설을 퍼부었다.

'시간조차 벌지 못하는 버러지 같은 것들!'

하지만 그의 신법으로는 남천의 신풍광비보를 따돌릴 수 없었다.

숨 몇 번 내쉬는 사이에 남천은 그의 지척에 도달했고, 이어 손을 쫙 편 채 내밀었다.

"헛!"

청강석의 중년인은 다급성을 내질렀다.

다리가 미세하게 말을 듣지 않았다.

진기가 흐트러지며 신법이 뒤틀렸다.

'접인신공(接引神功)?'

그가 내력으로 사물을 끌어당긴다는 접인신공을 떠올리는 순간 다리가 서로 부딪쳤다.

"억!"

쿠다당!

결국 그는 볼썽사납게 앞으로 거꾸러지고 말았다.

절정의 무인으로서 낭패스러운 꼴을 당한 그는 흙투성이가 된 얼굴을 치켜들었으나 그 순간 숨이 덜컥 멎는 기분이었다.

그는 움직이지 못했다. 아니, 움직일 수는 있었으나 이를 행할 순 없었다.

그의 머리 백회혈에 어느새 남천의 우수가 올려져 있었기 때문이다.

그가 아무리 대담하다고는 하나, 바로 조금 전 대머리가 당하는 꼴을 똑똑히 보았는데 어찌 경거망동할 수 있겠는가.

남천은 엉거주춤하게 앉아 있는 그를 무심하니 내려다보다가 천천히 입을 열었다.

"두 가지만 묻겠소."

"얼마든지 물으시오."

중년인으로서는 선택의 여지가 없었다.

상대가 마음만 먹으면 자신은 죽은 목숨이었다.

게다가 처음부터 결투를 했으면 또 모를까, 도망가다 이런 꼴이 되고 말았으니 저항한다는 것 자체가 우스웠다.

"당신은 누구요?"

"내 이름은 신곤(榊坤)이오."

남천의 눈에 이채가 서렸다.

"신강의 나찰이라 불리는 그 사람 말이오?"

"부끄럽게도 그렇소."

"신강에서 여기까지 어인 일로 오셨소?"

그는 눈을 굴리다 불쑥 물었다.

"그게 두 번째 질문이오?"

"물론 아니오. 이것은 당신이 누구냐는 질문에 포함돼 있는 거요."

"흠, 친구를 보러 중원에 온 지 벌써 삼 년째요."

"친구라……"

남천이 그를 지그시 노려보자 그는 오금이 저려 급히 말을 이었다.

"그는 쌍하도문 창경각주(廠經閣主) 방학기요."

남천은 쌍하도문이라는 말에 살짝 인상을 찌푸렸다.

언제부터인가 쌍하도문이라는 말이 듣기 싫어졌다.

중년인은 남천의 안색이 불편해 보이자 숨이 멎는 듯했다.

"그… 그렇게 가까운 친구는 아니오. 조금 알 뿐이오."

남천은 조그맣게 고개를 끄덕였다.

"그럼 당신은 무엇을 노리고 왔소? 분명 아까 물건이라고 하던데 표물이오?"

그는 드디어 올게 왔다고 생각했다.

하지만 그 물건이 탁천극마록이란 사실을 밝히기에는 아직 일렀다.

"표물이오. 비록 잡곡이긴 하나 우리에게 의뢰한 사람에겐 꼭 필요한 물건이오. 그래서 탈취하려……."

그러나 남천은 도리질을 하며 그의 말을 막았다.

"그게 아니겠지."

남천은 그의 머리 위에 올려진 우수에 조금 힘을 주며 말을 이었다.

"분명 아까 무슨 보물을 볼 기회를 주겠다 말하지 않았소? 잡곡을 봐서 무슨 소용이 있다고 그들이 그렇게 죽자사자 덤벼들었겠소? 당신은 나를 너무 바보로 아는군."

"……!"

"밝히기 싫다면 말하지 않아도 좋소. 그렇지만 나의 손속이 잔인하다 원망하진 마시오."

그는 백회혈이 따가워지는 듯하자 눈을 부릅뜨며 급히 손을 내저었다.

"잠깐… 잠깐만 기다리시오. 내 말하겠소."

남천은 그 말에 주입하던 회천결을 멈추었다.

중년인은 그 짧은 시간에 식은땀을 한 바가지나 흘려 땀에 축축하게 젖어 있었다.

그는 한숨을 몇 번 몰아쉬더니 이윽고 털어놨다.

"우리가 노린 표물은 탁천극마록이오."

"탁천극마록?"

남천은 처음 듣겠다는 듯이 다시 물었다.

"그렇소. 탁천극마록은 탁천극마가 자신이 한 일에 대해 적어놓은 일종의 일지요. 그러나 세인들이나 나나 분명 그의 무공이 적혀 있는 무공 비급이라 생각하고 있소. 때문에."

"그 때문에 대홍표국 사람들을 모두 죽이고 탈취하려 했다?"

"아… 아니오. 물건만 가져가려 했소. 그들을 모두 죽이려 했다니 당치 않은 소리요."

남천은 그의 눈을 지그시 쳐다봤다.

남천의 눈빛을 받은 중년인은 마치 영혼이 빨려들어 가는 것만 같은 기분이었다.

남천은 아무 말 없이 한참을 그러고 있다 눈을 감았다.

순간 중년인의 안색이 핼쑥하게 변했다.

무언가가 백회혈을 통해 몸 안으로 들어오고 있었다.

'이… 이게……'

몸이 주체없이 부들부들 떨려왔다.

잠시 후 남천의 손이 그의 머리에서 떨어졌다.

그는 죽음을 직감했다.

그러나 한참이 지났어도 아무런 이상을 발견하지 못했다.

"내게 무… 무슨 짓을 한 거요?"

"앞으로는 내력을 끌어올리지 않는 게 좋을 거요."

남천은 한마디만을 남기고는 미련없이 뒤돌아서서 왔던 길로 사라졌다.

홀로 남겨진 그는 어리둥절한 채 남천을 쳐다보다 살았다는 기쁨에 벌떡 일어섰다.

"나를 살려주다니 네놈은 실수했다. 반드시 후회하게 될 것이다. 크크."

그는 한참을 웃다가 남천이 마지막에 한 말을 떠올렸다.

"내력을 사용치 말라고? 정상인 듯싶은데?"

그는 몸을 어루만져 보다가 호기심에 슬쩍 진기를 운용해 보았다.

바로 그 순간,

"끄……."

그는 입을 쩍 벌린 채 비명 소리조차 내지 못했다.

날카로운 바늘 수만 개가 전신 구석구석을 찔러댔다.

아니, 미세한 도검으로 온몸이 마구 난자당하는 느낌이었다.

그는 당황하여 고통을 억제하고자 일순 진기를 더욱 끌어올렸다.

그러나 그 결과는 참혹했다.

"크아아아아!"

그의 목을 뚫고 핏물이 솟구쳤다.

고통이 너무나 거대한 나머지 끌어올린 막대한 진기를 제대로 도인하지 못했다.

그러자 진기는 제멋대로 전신을 휘저었고 종내에는 주화입마에 접어들고 말았다.

"으으으……."

죽을 것만 같은 고통이었다.

아니, 필시 죽음으로 인도하는 고통이었다.

그는 가까스로 우수를 치켜들었다.

몇 번을 부들부들 떨던 그의 손은 곧 자신의 머리로 떨어져 내렸고,

퍼억!

고통은 사라졌다.

第四十四章

고혈단신(孤子單身)

─당자성과의 재회

藍天俠傳

侠

"어떻게 되었나?"

월한청은 청광석의 중년인을 쫓아 모습을 감춘 지 얼마 지나지 않아 혼자 돌아온 남천을 보고 급히 물었다.

"그는 더 이상 악행을 할 수 없는 몸이 되었습니다."

남천은 설마하니 그가 자결했으리라고는 짐작도 하지 못했다.

"아!"

월한청은 한 소리 탄성을 내지르며 새삼스러운 눈으로 남천을 보았다.

방금 전 그가 보여준 무위는 그야말로 듣도 보도 못한 경지였다.

자신과 대등한, 아니, 자신보다 오히려 뛰어날지 모르는 한 떼의 무인을 마치 어린아이 데리고 놀듯 하지 않았는가.

그는 설레설레 고개를 저으며 한탄조로 말했다.

"쌍하도문에서 퍼뜨린 자네에 대한 소문은 한참 잘못되었구만. 창해극에게 패했다 들었으니."

"아닙니다. 제가 우연찮게 기연을 얻어서 그렇지, 그 말은 사실입니다."

"창해극이 그 정도였나?"

그는 휘둥그렇게 눈을 떴다.

남천은 자세히 말하기도 그렇고 해서 조용한 미소로 대답을 대신했다.

"천아!"

"남천!"

황복과 금난영이 동시에 달려왔다.

특히 황복은 얼굴 가득 흥분한 기색이 역력했다.

"너… 어떻게 그런……?"

그는 말을 더듬거리다가 남천의 손을 덥석 잡았다.

"정말 네가 그 패검무자야?"

남천은 웃으며 고개를 끄덕였다.

"나도 소문은 들었지만 설마하니 그가 너일 것이라고는 생각도 못했는데."

"어쩌다 보니 그렇게 됐어."

황복은 그를 반짝이는 눈으로 그를 뚫어져라 쳐다보다 버럭 소리쳤다.

"이 자식아, 빨리 털어놔! 어떻게 된 건지. 뭐가 어쩌다 보니 그렇게 돼! 이놈이 고수되더니 나를 아예 무시하네."

남천은 급작스런 황복의 질책에 당황했다.

"아니… 내 말은 그게 아니라……."

"크크크……."

그는 갑자기 고개를 숙이며 키득거렸다.

남천이 어리둥절한 표정으로 있자 황복은 고개를 번쩍 치켜들더니 활짝 웃었다.

"무공은 나아졌지만 성격은 하나도 변하지 않았구나. 당황하는 것도 어렸을 때와 똑같네. 그렇지, 난영아?"

"그러게."

금난영과 황복은 마주 보며 빙긋 웃었다.

정절의 고수든, 멸시받는 하수든, 아니면 밥 빌어먹는 거지든 상관없이 친구는 친구였다.

남천은 그가 자신을 놀렸다는 사실을 깨닫고는 어색한 웃음을 지으며 이번엔 금난영을 바라봤다.

"아까는 미안했어. 내가 바보처럼 착각하는 바람에 너를 놀래킨 것 같아."

"괜찮아. 착각할 수도 있지. 신경 쓰지 마."

"천아, 난영이가 그런 거에 놀랄 줄 알아? 후후, 쟤가 얼마나 당찬지 너도 잘 알잖아."

남천은 왠지 마음이 푸근해지는 기분이었다.

친구란 이런 것일까.

그래서 사람은 모두 친구를 사귀며 살아가는 것일까.

"그런데, 자네."

어느새 다가온 월한청이 넌지시 물었다.

"그들이 왜 우릴 습격했는지 혹 알아냈는가?"

"아!"

남천은 그제야 생각난다는 듯이 월한청에게 조그맣게 속삭였다.

"그 일 때문에 해드릴 말씀이 있습니다. 잠시만 조용한 곳으로."

남천은 월한청을 수레에서 조금 떨어진 곳으로 이끌었다.

주위에 듣는 사람이 없는 듯하자 남천은 조용히 말문을 열었다.

"표두님께서도 이미 예상했지만 그들은 표물을 노리고 온 것입니다."

"표물? 지금 우리가 운반하는 표물은 그다지 귀한 게 아닌데, 혹시 내가 모르는 뭔가가 있는 건가?"

남천은 막상 탁천극마록에 대해 이야기를 꺼내자니 난감했다.

그렇다고 해서 이대로 표행을 방치했다가는 언제 또다시 그들과 같은 무리가 습격해 올지 몰랐다.

남천은 잠시 생각하다 오히려 물었다.

"죄송하지만 그에 대에 자세한 이야기를 해드리기엔 무리가 있습니다. 하지만 단 하나는 확실합니다."

"……?"

"지금의 상황으론 더 이상 표행을 지속하기 어렵다는 것입니다."

남천의 말은 표행을 포기하라는 말과 다름없었다.

하지만 대홍표국과 월한청의 입장으로서는 어림도 없는 말이었다.

표국이 표행을 하던 도중 중단한다면 신용에 커다란 타격을 입을 수밖에 없었다.

그리된다면 대홍표국처럼 그리 크지 않은 표국으로서는 더욱 살아남기 힘들었다.

얼마 지나지 않아 주저앉을 것은 불을 보듯 뻔한 일이었다.

그는 이런 사실을 남천도 알고 있으리라 짐작했다. 하나 그런 사실을 알면서도 남천이 그런 말을 꺼낸 것은 그만큼 이번 표행이 위험하다는 뜻이리라.

월한청은 잠시 고민하다 고개를 저었다.

"그건 안 될 말이네. 표행은 계속되어야만 하네."

남천은 답답했다.

이번 일은 친구들의 목숨이 걸린 일이었다.

"하면, 혹 이번 표행의 목적지가 어디인지 말씀해 주실 수 있는지요."

"으음. 그건⋯⋯."

그는 난처한 표정을 지었으나 이내 말을 해주었다.

남천은 어찌 보면 생명의 은인이나 다름없었으니 목적지를 밝힌다 하여 문제될 일은 없으리라 생각했다.

"서평으로 간다네."

"하남 서평 말입니까?"

"그렇네. 그곳에서 다시 다른 곳으로 보낸다 들었는데, 자세히는 나도 모르네."

하남 서평이라면 이곳에서 서북 방향이었다.

금난영을 만나고 고향인 청양을 거쳐 남궁가로 가려던 계획과는 정반대였다.

'어찌해야 하나⋯⋯.'

표행을 막을 수 없다면 방법은 하나였다.

그가 직접 호위를 하는 것.

하나 그리되면 금난영을 찾는 일이 늦어진다.

남천은 결국 결정을 내렸다.

비록 일이 지체되긴 하겠지만 친구를 이대로 위험에 처한 채 떠날 수는 없었다.

"제가 함께해도 좋겠습니까?"

"자네가?"

남천은 심각한 표정으로 고개를 끄덕였다.

"음. 나로서는 오히려 고마운 일이긴 하나. 자네가 왜 이리 걱정하는지 알려줄 수 있겠나?"

"방금 전 무리의 우두머리로 보이던 청광석 귀걸이의 남자. 그가 누군지 표두님께서는 알아보셨습니까?"

"아니, 난 처음 보는 인물일세."

"그는 신곤이었습니다."

그 말에 월한청의 안색이 대변했다.

"신곤? 그는 신강에서 활동하는 사람이 아닌가? 하면 그가 표물을 노리고 이 먼 곳까지 왔단 말인가?"

"중간에 다른 일이 끼어 있긴 했으나 표두님의 말씀도 틀리진 않습니다."

"허허."

신강이라면 중원을 넘어 북쪽 사막이었다.

그렇게 먼 곳에서 여기까지 왔다는 것은 그만큼 표물이 중요하다는 의미였다.

그는 그제야 얼마나 이번 표행길이 위험한지 새삼 깨달았다.

"그렇다면 큰일이로군. 신강에서조차 올 정도라면 얼마나 많은 고수들이 찾아들지 두렵군 그래."

"그렇다는 말씀은?"

남천은 그의 말에서 표행을 그만둘지도 모른다는 희망이 들어 다시 물었다.

그러나 그의 대답은 완고했다.

"하나 그렇다고 해서 그만둘 순 없네. 이미 표물을 맡은 이상 중간에서 포기할 순 없다네."

남천은 애써 실망감을 감추며 희미하게 웃었다.

"그렇겠지요. 표국으로써 신뢰보다 소중한 건 없으니까요."

"이해해 주니 고맙네. 어찌 됐든 최대한 길을 재촉해야겠구만, 만약의 불상사를 조금이라도 줄이려면."

"그게 낫겠습니다."

남천은 걱정이 태산같았으나 그의 말을 따를 수밖에 없었다.

하지만 하늘이 도우셨는지 남천의 걱정은 그리 오래가지 않았다.

저녁이 되어 객잔에 묵게 되었을 때 일단의 방문객들이 찾아왔기 때문이다.

"아니, 자네가 예까지 어인 일인가?"

월한청은 저녁 식사를 하던 도중 자신을 찾아온 무리들 중한 명을 보고는 벌떡 일어섰다.

"오랜만이네, 한청."

멋있으면서도 소탈한 미소를 짓는 그는 머리에 계인이 찍혀 있는 소림승이었다.

소림사의 무승 중에서도 가장 강한 고수들로만 이뤄진 나한전.

그중에서도 최고수라 할 수 있는 사대금강 중 한 명인 해원(海元)이었다.

그는 소림 본산에 속하면서도 강호 대소사에 많은 관여를 하는 특이한 신분으로서 월한청이 대홍표국에 들기 전부터 둘은 친구 사이였다.

월한청은 갑작스레 옛 친구를 만나게 되자 한편으론 기쁘면서도 한편으론 어리둥절했다.

그가 딱히 자신을 찾아올 만한 이유가 없었기 때문이다.

그리고 더욱 놀라운 사실은 무려 스무 명 가까이나 되는 소림 무승들이 그와 함께 왔다.

해원을 제외한 사대금강 세 명과 팔대야차승 여덟, 십팔대나한 중 열이 그들이었다.

뿐만 아니라 서평에서 표물을 건네받기로 한 위지명도 그들 중 포함되어 있었다.

해원은 월한청이 멀뚱거리는 눈으로 자신을 바라보고 있자 부드러운 미소를 지으며 그에게 다가섰다.

"이렇게 갑자기 들이닥쳐 미안하게 됐네. 하지만 우리도 사정이 있어서 그렇게 되었다네."

"도대체 무슨 일 때문인가?"

"사실 자네가 운반하고 있는 표물은 소림으로 오는 물건이라네. 이는 알고 있었는가?"

"소림?"

월한청은 금시초문이라는 표정이었다.

"아니, 전혀 몰랐다네. 나는 단지 저기 있는 위지명, 위지대협께 전하는 것으로만 알고 있었는데."

"그랬군. 자네 말도 맞네. 원래는 위지 사형의 손을 거쳐 본 사로 전해지려 했었지."

"사형이라니?"

"아, 자네는 모를 수도 있겠군. 위지 대협은 본 사의 속가 제자로, 나에겐 사형 뻘일세."

월한청이 뒤에 서 있는 위지명을 바라보자 그는 빙긋 웃으며 고개를 끄덕였다.

"하면 자네는 자네가 운반하고 있는 물건이 무엇인지는 아는가?"

"무언가 있을 거라 짐작은 하지만, 단지 잡곡으로만 들었다네."

"잡곡이라……."

해원은 다소 기묘한 표정을 지으며 중얼거렸다.

"아무리 비밀을 지키는 것도 좋지만 이로 인해 죄없는 사람들이 이유도 모른 채 죽을 뻔했군."

그는 이내 고개를 들더니 월한청에게 미안한 표정을 지었다.

"미안하게 됐네. 나중에야 어차피 알게 되겠지만 자네가 운반하는 것은 잡곡 따위가 아닐세."

"아니라면 도대체 뭔가?"

월한청은 자신도 모르게 그에게 바짝 다가섰다.

그만큼 진실이 궁금했다.

"탁천극마록이란 걸세."

"……!"

"자네도 그게 어떤 물건인지 잘 알겠지?

월한청은 물론 탁천극마록에 대해 알고 있었다.

'그랬었군. 그래서 목숨을 도외시한 채 그들이 노린 것이었군.'

그는 그제야 그들의 행동이 이해됐다.

탁천극마록은 천하제일인의 비급이었으니 말이다.

'그래서 저 친구가 그리 걱정했던 것이고.'

그는 슬쩍 남천을 쳐다봤다.

남천은 그와 눈이 마주치자 자신도 모르게 고개가 숙여졌다.

방금 전에 한 해원의 말이 떠올랐기 때문이다.

죄없는 사람들이 이유도 모른 채 죽을 뻔했다는 말.

물론 친구들이 동요할까 싶어 감추었던 것이지만 자신도

월한청에게 정확히 말하지 않았으니 그 또한 잘못이라면 잘못이었다.

"그래서 우리가 마중 나온 걸세. 물건을 소림으로 보내려한 섭 대인의 마음은 고마운 것이지만, 그는 표행에 맡기기보다 우릴 불렀어야 했네. 다행히 뒤늦게 소식을 접한 위지 사형이 급히 일 처리를 했기에 망정이지 그렇지 않았다면 흉한일을 당할 수도 있었으니 말일세."

그 말에 월한청은 고소를 머금었다.

"부끄럽게도 흉한 꼴은 이미 당했다네."

순간 해원의 눈빛이 굳어졌다.

월한청은 낮에 겪었던 일에 대해 얘기해 줬다.

모든 이야기를 듣고 난 해원은 심각한 표정이었다.

"그런 일이 있었다니. 불행 중 다행일세. 하면 그 패검무자는……?"

그는 슬며시 월한청과 한자리에 앉아 있던 사람들을 살폈다.

"저기, 저 친구일세."

월한청의 시선이 남천을 가리키자 해원은 그에게로 다가가 반장을 취했다.

"소승은 해원이라 하오. 제 친구와 본 사의 물건을 지켜준은혜에 깊은 감사를 드리오."

해원은 패검무자가 일수만병파의 제자임을 이미 알고 있

는 터라 말을 함부로 하지 못했다.

일수만병파는 자신의 사부와 동배분 취급을 받았다.

그러니 어찌 보면 남천과 자신 역시 동배분이라 할 수 있었다.

남천은 자리에서 일어나 포권을 취했다.

"마땅히 해야 할 일을 했을 뿐입니다. 또한 제 친구 역시 대홍표국에 몸을 담고 있으니 은혜라는 말씀은 거두어주시기 바랍니다."

"아, 그렇소?"

그는 놀란 눈을 치켜뜨더니 이내 소림승답지 않게 시원한 웃음을 터뜨렸다.

"하하하. 이제 대홍표국을 함부로 하는 강호인은 없겠구려. 패검무자를 친구로 뒀으니 말이오."

"과한 칭찬이십니다."

남천은 자신의 얼굴에 금칠을 하는 말에 발그레해진 얼굴을 급히 숙였다.

"과한 칭찬은 무슨. 당연한 이야기지. 그리고……."

그는 다시 월한청을 바라보며 물었다.

"표물의 주인이 왔으니 소림까지는 우리가 직접 운송하겠네. 그래도 좋겠나?"

월한청으로서는 마다할 이유가 없었다.

주인이 직접 표물을 받겠다고 하니 하등 문제될 것이 없었다. 탁천극마록은 대홍표국으로서도 부담스러운 물건이기에 찬성이었다.

"그렇게 하게. 우리야 손을 덜게 되었으니 오히려 좋은 일이지."

월한청은 흔쾌히 승낙했다.

결국 모든 일은 남천의 걱정과는 달리 순조롭게 풀렸고, 소림 승려들의 호위 아래 표물은 소림으로 운송되었다.

남천은 훗날 해원에게 탁천극마록에 관한 진실을 전해 들었는데, 그 일지에는 오로지 탁천극마 본인의 개인적인 사생활만을 담고 있을 뿐, 무공에 관한 이야기는 단 한 줄도 쓰여져 있지 않았다.

허황된 꿈을 좇던 자들만이 괜한 목숨을 잃고만 것이었다.

죽은 자들이야 억울하다 하겠지만 자신이 저지른 일에 응당한 대가를 치렀으니 딱히 불만을 가질 일도 아니었다.

표물에 관한 일이 해결되고 나자 남천은 한결 기분이 좋아졌다.

비록 원했던 금난영을 찾진 못했지만, 대신 절친했던 친구들을 오랜만에 만났다.

그 기쁨에 밤늦게까지 이야기를 하며 술을 마셨기에 남천은 한밤이 지날 무렵에야 잠을 청했다.

모든 이들이 잠든 인시 무렵.

남천의 감겼던 눈이 번쩍 뜨였다.

그는 창가 쪽을 잠시 바라보다 벗어두었던 장포를 걸치고 는 창을 넘어 객잔으로부터 벗어났다.

남천은 느릿하게 걸었다.

비록 보름달이 떠 있어 사위가 밝다고는 하나 한밤중에 혼 자 걷는 기분이 좋지만은 않을 텐데도 남천은 마치 저녁 산보 를 하고 있는 듯 평화로운 모습이었다.

남천은 관도를 따라 백여 장쯤을 걸어가다 숲길로 들어섰 다.

그렇게 일다경이 지나자 사방 십여 장은 됨직한 너른 평지 가 나타났다.

산의 중턱쯤으로 보이는 그곳은 밤이라 본연의 빛을 드러 내진 못했으나, 마치 한 폭의 산수화를 옮겨놓은 듯 아름다운 꽃들로 사방이 가득 차 있었다.

이윽고 남천은 걸음을 멈추고 정면을 바라봤다.

그의 시선이 향한 곳에는 커다란 노송이 달빛을 비스듬히 가린 채 우뚝 솟아 있었고, 그 아래로는 상반신을 어둠 속에 드리운 한 남자가 서 있었다.

"나를 부른 사람이 당신이오?"

한밤중에 불려왔음에도 그의 음성은 담담했다.

어떤 함정이 있는지도 모르고, 상대가 누구라 확언할 수도 없었다.

그렇지만 남천은 여유로운 모습이었다.

이유는 단 한 가지, 자신의 무공에 대한 자신이 있었기 때문이다.

남천은 뼈저린 패배를 당했지만 자신감을 잃지 않았다.

화주린의 도움을 받은 뒤로는 오히려 증진되었다.

상대가 누구라 할지라도, 설령 무신이라 할지라도 그는 피하지 않을 셈이었다.

"놀랍구려."

어둠 속의 남자가 처음으로 입을 열었다.

순간 남천은 그의 음성이 전혀 낯설지 않다는 사실을 발견했다.

"혹시……?"

남천은 확실치는 않으나 눈앞의 남자가 누구일지 대충 짐작이 갔다.

"나요."

그가 두 걸음 내딛자 어둠 속에 가려져 있던 그의 상반신이 달빛에 드러났다.

남천은 남자의 정체에 크게 놀라지 않았다.

"역시 당신이었군."

그는 바로 당자성이었다.

당자성은 외숙부 이유청으로부터 남천이 대홍표국으로 갔다는 전갈을 듣고 곧바로 그리로 가보았지만 대홍표국주는 남천의 행방을 알려주지 않았다.

결국 당가의 지가(支家)가 대홍표국을 이용한다는 조건을 걸고서야 겨우 행방을 알아내었다.

비록 시간과 돈에 있어 조금의 손해는 보았지만 남천을 찾을 수만 있다면 이런 하찮은 것들은 그에게 상관이 없었다.

결국엔 이렇게 남천을 만났지 않은가?

그것으로 충분했다.

"비무대회 때와는 전혀 다른 경지에 이르렀구려."

당자성은 남천의 변화를 한눈에 알아봤다.

그때도 대단했지만 지금의 남천에 비하면 천양지차였다.

예전에는 은은하게 빛나는 청광이 눈에 담겨 있어 수준을 짐작케 했다.

그러나 지금은 그런 미미한 것조차 밖으로 드러나지 않았다.

"당신 역시 그래 보이오."

남천은 내심 크게 놀라고 있는 중이었다.

불과 일 년도 지나지 않았건만 당자성의 성취는 쉽게 가늠할 수 없을 정도였다.

이런 급작스런 무공의 증진은 단 하나의 경우에만 가능했다.

바로 훌륭한 사부를 만났을 경우.

영약 따위를 먹고 이룰 수 있는 게 아니었다.

영약은 오로지 공력을 올려줄 뿐이었다.

물론 뛰어난 내공도 상승의 경지에 오르기 위해 꼭 필요한 것이었지만 깨달음이 없이는 절대 불가능했다.

"천비광섬께 가르침을 받았소?"

당예문은 자신을 죽이려 했던 자지만 남천의 말속엔 어떤 원한도 찾을 수 없었다.

그는 곧 강호를 떠날 사람이었다.

금분세수란 의식도 있지 않은가. 강호를 떠나는 자에게 강호의 은원을 묻지 않는 게 이곳의 법도였다.

당자성은 부드러운 미소를 지으며 고개를 끄덕였다.

"바로 보았소."

그러더니 의아하단 듯이 물었다.

"한데 궁금한 게 있소. 나야 조부님께서 도와주셨으니 무공이 느는 것은 당연하다 할 수 있지만, 그대는 어찌 된 것이오? 그사이 일수만병파 어른을 만나뵙기라도 했소?"

"사연이 있었소."

남천의 대답은 짤막했다.

남천은 당자성의 태도에서 당예문이 벌인 일과는 상관없을 것이라 생각했다.

그렇다곤 하지만 당가 자체에 호감을 가질 순 없었다.

화주린의 일이 아니었으면 직접 당가로 치고 들어가고 싶기도 했다.

그러니 퉁명스런 대답이 나올 수밖에 없었다.

"아, 실례가 됐다면 깊이 사과드리오. 이렇게 늦은 시각에 불러내서 물어볼 말은 아니었소."

당자성은 포권을 취하며 허리를 숙였다.

남천은 그가 갑자기 정중히 사과를 하자 다소 무안해졌다.

"당신이 사과할 일은 아니오. 다만 사정이 있으니 쉽게 말하지 못하는 것뿐이오."

"그렇게 생각해 주니 고맙소."

당자성은 빙긋 웃었다.

예전 비무대회 때에도 짓지 않았던 시원한 미소였다.

"한데 이렇게 찾아오신 이유는 무엇이오?"

남천이 넌지시 묻자 당자성은 깜짝 놀라는 눈치더니 곧 허탈하게 웃었다.

"내 정신 좀 보게. 하하하. 이런 말을 하려고 했던 게 아닌데 정작 본론은 잊고 엉뚱한 말만 늘어놓고 있었구려."

그는 남천을 똑바로 쳐다보더니 천천히 포권을 취했다.

"사천당가의 당자성이 패검무자께 비무를 청하오."

남천은 그가 자신보다 한참 연배가 높은데도 저리 예를 취하자 말리려 했으나 다시 생각해 보고는 마주 포권을 취하며 대답했다.

"청양남가의 남천, 귀하의 비무를 기꺼이 받아들이겠소."

이어 두 사람은 서늘한 산바람을 맞으며 마주한 채 서서히 공력을 끌어올리기 시작했다.

그들은 서로에게 신경을 쓰느라 자신들로부터 십여 장 떨어진 땅 밑에 한 사람이 숨어 있음을 눈치 채지 못했다.

아니, 신경을 쓰고 있었어도 몰랐을 것이다.

숨어 있는 이가 펼치고 있는 지둔술은 일반적인 지둔술과는 완전히 달랐기 때문이다.

바로 자신의 목숨을 포기한 상태에서 펼치는 지둔술.

사멸정폭공(死滅靜爆攻)!

사멸정폭공은 어찌 보면 무공이라 할 수 없었다.

무인들이 사용하기에 적합하지 않았다.

이런 무공을 사용할 수 있는 이는 단 한 부류, 바로 죽음을 도외시하는 진정한 살수들뿐이었다.

사멸정폭공은 이미 죽은 상태에서 펼쳐진다 해도 틀리지 않았다.

반은 죽어 있는 것과 다름없기 때문이다.

사멸정폭공은 시전하는 순간, 온몸이 가사 상태로 들어간다. 숨도 쉬지 않는다. 심장도 뛰지 않는다.

그러나 그러면서도 정신만은 멀쩡하다.

그렇게 지속되는 시간이 한 시진 반. 그동안은 무신들조차 그들의 존재를 발견할 수 없다.

완전한 사물이 되어버렸는데 어찌 발견할 수 있겠는가?

사멸정폭공의 위력은 단지 이렇게 은둔하는 데만 있지 않았다. 만약 그랬다면 이렇게 무시무시한 이름이 붙지도 않았을 것이다.

그 한 시진 반의 시간 동안 비록 몸은 움직이지 못하지만 할 수 있는 게 있었다.

단 한 번의 생각으로 온몸을 폭발시킨다.

생각만으로 몸이 터져 나가기 때문에 목표가 된 사람은 방비할 시간조차 없다.

폭발시키는 진기는 은둔술이 진행되기 전에 이미 단전에 쌓아놓은 것들이다.

자신이 심법을 통해 익힌 모든 공력뿐만 아니라 선천진기마저 태워 없앴다.

때문에 그 폭발력은 가히 상상을 초월했다.

땅속이라 할지라도 반경 일 장 이상이 초토화가 될 것이고 그 위에 있던 사람들은 형체도 없이 갈가리 찢겨질 것이었다.

익힌 사람도 많지 않고 설사 익혔다 해도 절대 사용하지 않을 무공, 사멸정폭공.

이를 시전하며 땅속에 몸을 뉘이고 있는 그는 바로 월영파의 문주 만학련이었다.

그는 눈을 감은 채 지난 시간을 떠올리고 있었다.

동생 만석련이 그를 떠나 보내고 혼자서 죽음을 선택했다는 사실을 알자마자 만학련은 미친 듯이 달려 월영파로 돌아갔다.

그러나 그가 도착했을 때는 이미 모든 것이 끝나 있었다.

문파는 이미 불에 타 없어졌고, 수하들은 어디로 사라졌는지 찾을 길이 없었다.

이후 동생이 남긴 월영파의 표식을 찾아 길을 떠난 그는 한참의 시간이 흐른 후에 결국 동생의 주검을 찾아냈다.

이미 부패할 대로 부패해서 알아보기조차 힘들었으나 형이 어찌 동생을 몰라보겠는가.

그는 동생의 주검을 끌어안고 통한의 눈물을 흘렸다.

그는 맹세했다.

동생을 죽음으로 몰고 간 이들에게 반드시 복수를 하고야 말겠다고.

직접적으로 죽인 사람은 남천이고, 이를 도운 사람은 청부를 한 당예문이었다.

하나 남천은 몰라도 당예문은 무신이었다.

그는 자신의 역량을 잘 알았다.

당예문은 무슨 수를 써도 상대하지 못할 신적인 존재였다.

그래서 그는 눈을 돌렸다.

때마침 만학련은 반가운 소식이 들려왔다.

당가의 장남, 당자성이 당예문의 진전을 잇기 위해 패관에 들어갔다는 소문이었다.

그리고 당자성이 그런 결정을 한 이유가 남천에게 패했기 때문이라는 말도 들었다.

만학련은 속으로 쾌재를 불렀다.

언제가 될지 모르지만 두 사람은 반드시 겨룰 터였다.

그때를 노린다면 한 번에 두 명에게 복수를 할 수 있었다.

당자성은 비록 당예문 본인이 아니지만 그의 제자이자 손자였고, 당가의 뒤를 이을 장자였다.

그 정도로 중요한 당자성의 죽음이라면 복수라 하기에 충분했다.

이어 그는 당가의 주위를 맴돌며 당자성이 출두하기만을 기다렸다.

생각 외로 그의 출두는 무척이나 늦었다.

그동안 그는 남천에 대한 소식도 빠지지 않고 모았다.

그리고 드디어 얼마 전 당자성이 혼자 길을 떠났다.

만학련은 그 뒤를 쫓았다.

당자성은 측량키 힘든 고수였으나 만학련은 월영파의 문주였다.

근접으로 쫓는 것도 아니고 눈에 띄지만 않으면 되었으니 불가능한 일이 아니었다.

게다가 당자성은 전혀 다른 사람들에게 신경을 쓰지 않았다.

누군가의 노림을 받고 있을 것이라고는 추호도 생각지 않는 듯했다.

그래서 더욱 손쉬웠다.

그리고 드디어 오늘 저녁, 당자성은 남천을 찾아냈다.

하지만 당자성은 곧바로 남천을 만나지 않았다.

비무를 할 장소를 먼저 물색했고, 밤이 되어서야 남천을 만나러 간 것이다.

그가 남천을 부르러 사라진 사이 만학련의 준비가 시작되었다.

만학련은 먼저 십 장에 이른 평지에 그동안 아껴두었던 흑뢰구 열 알 중 아홉 알을 묻었다.

흑뢰구는 폭발 시 그 위력이 삼 장에 이르니 아홉 알이면 이곳 평지가 단 한 치도 빠짐없이 모두 불바다로 변할 터였다.

그리고 제아무리 고수라 할지라도 그 염화의 불길 속에선 살아남지 못하리라.

하지만 흑뢰구에겐 치명적인 단점이 있었다.

발화를 시키려면 사람이 필요했다.

남천과 패검무자 몰래 숨어 들어가 흑뢰구에 불을 붙이는 것은 불가능했다.

아니, 그보다 그들 몰래 숨어 있는 것 자체가 일반적인 은둔술로는 불가능했다.

그래서 생각해 낸 것이 사멸정폭공이었다.

사멸정폭공을 사용하면 숨어 있는 것이 가능할뿐더러 흑뢰구를 폭파시킬 수도 있었다.

자신의 몸이 터져 나가는 충격이면 충분히 흑뢰구의 발화가 가능했다.

그는 흑뢰구를 모두 묻은 후 조금 떨어진 곳에 자신이 누울 구덩이를 팠다.

그곳이 자신의 묘지였다.

시신이 되어 묻힐 자리를 파는 기분이란 끔직도 하련만 그는 오히려 즐거웠다.

동생의 복수를 무사히 끝마치고, 동생을 만나러 가는데 어찌 즐겁지 않겠는가.

땅이 고르게 파지자 그는 몸을 뉘었다.

몸 아래의 흙을 더욱 파 들어가며 그때 생긴 여분의 흙을 몸 위로 차곡차곡 쌓아갔다.

이제 그의 몸은 완전히 사라졌다.

그는 눈을 감은 채 품 안에서 마지막 하나 남아 있던 흑뢰구를 꺼내 두 손에 꼭 쥐었다.

그리고 사멸정폭공을 시전했다.

그는 속으로 웃음이 나왔다.

이제 잠시 후면 두 사람의 목숨, 아니, 세 사람의 목숨은 사라질 것이다.

그리고 동생 없이 살았던 지옥 같은 날도 끝날 것이다.

'기다려라. 이 형이 곧 찾아가마. 너는 아주 먼 훗날에 오라고 편지에 남겼지만 난 참지 못하겠다. 그곳에서 네가 좋아했던 구슬 놀이를 다시 한 번 즐겨보자꾸나.'

第四十五章

녹섬양공(綠殲陽功)
－당예문의 진신무공

藍天俠傳

侠

　남천과 당자성은 이 장의 거리를 두고 선 채 숨조차 쉬지
않는 듯 조용했다.

　당자성은 예의 폭넓은 소매에 두 손이 감춰져 있었고, 남천
은 자연스레 양팔을 내려뜨린 상태였다.

　겉으로는 태평하게만 보이는 모습.

　하지만 두 사람의 전신 기맥은 전혀 그렇지 못했다.

　단전에서 뿜어져 나온 내기는 전신을 폭풍처럼 휘돌며 힘
을 비축하고 있었고, 언제라도 초식을 펼칠 수 있게 만반의
태세가 갖춰져 있었다.

　한참 긴장감이 고조될 무렵, 당자성이 뜻밖에도 입을 열

었다.

"나는 덕분에 다시 태어난 기분이오."

하나, 남천은 아무 대꾸도 하지 않았다.

당자성은 남천의 반응을 신경 쓰지 않고 계속 말을 이었다.

"그대를 만나지 않았다면 우물 안 개구리로 늙어 죽었을 테지. 그래서 감사를 드리고 싶소. 나에게 새로운 세상을 보여줘서."

남천은 그제야 입을 열었다.

"그건 나의 덕이라 말할 수 없소. 자신을 깨닫는 사람은 누가 도움을 주든 그렇지 않든 언젠가는 그리될 테니 말이오."

"정말 그렇게 생각하오?"

당자성은 무척 기분이 좋은 듯 환히 웃으며 되물었다.

"적어도 난 그렇소."

당자성은 남천을 한동안 지그시 바라보다 고개를 끄덕였다.

"당신은 좋은 사람 같소."

"당신도 나쁘지 않은 사람 같소."

"하하하!"

당자성은 호탕하게 웃어젖혔다.

그를 아는 사람들이 이 모습을 보았다면 꿈이라고 생각했을 것이다.

당자성은 항상 정숙했고 웃음도 많지 않았기 때문이다.

그의 동생인 당옥조차 이렇게 크게 웃는 형의 모습을 보진
못했을 것이다.

당자성은 한참을 웃다가 크게 소리쳤다.

"좋소! 선물로 천비광섬을 보여주겠소!"

"……!"

그 말에 남천의 전신에서 묘한 진동이 일었다.

천비광섬 당예문.

말로만 듣던 그의 절기를 직접 보게 될 참이었으니 긴장되
는 게 당연했다.

'그것을 익혀 돌아온 건가?'

남천은 그가 자신있어하는 이유가 무신의 절기를 익혔기
때문이고, 그 절기가 바로 천비광섬이리라 생각했다.

당자성은 소매에 감춰뒀던 손을 꺼내 들었다.

그의 손엔 백지장처럼 얇은 비도 하나가 들려 있었다.

당자성은 비도를 든 채 물끄러미 응시하다 다시 소매 속으
로 집어넣고는 남천을 쳐다봤다.

"준비됐소?"

"……?"

남천은 담담한 표정이었으나 속으로는 의구심이 솟았다.

'왜 비도를 보여준 거지?'

남천은 그가 한 행동을 생각하다 퍼뜩 떠올랐다.

상대의 병기를 모르는 상태에서 방어를 하는 것보다는 아

는 것이 훨씬 이로웠다.

처음 당자성이 한 선물이라는 것은 이런 의미리라.

원래 천비광섬은 비도를 사용한다는 소문만 돌았지 실제로 초식을 본 사람도 거의 없었고, 그 비도가 어찌 생겼는지 아는 사람은 더더욱 없었다.

때문에 친절하게도 당자성은 자신의 병기를 보여준 것이다.

'저럴 필요까진 없는데……'

그는 호의에서 한 행동이었지만 남천은 충분히 자신이 있었다.

천비광섬이 절기라고는 하나 지금 펼치려는 사람은 무신당예문이 아니고 그의 제자였다.

받아내지 못할 이유가 없었다.

하지만 상대의 호의를 무시할 수만은 없는 법.

"물론이오."

남천의 대답이 떨어지자 당자성의 눈빛이 가늘어졌다.

그 순간!

'엇!'

남천은 갑자기 목 언저리가 서늘해지는 듯하자 급히 고개를 좌로 꺾었다.

팟!

그의 머리가 있던 자리를 무언가가 스쳐 지나갔다.

남천이 정신을 차리기도 전에 이번엔 우측 어깨가 서늘해졌다.

하지만 이번엔 피하지 않고 우수를 벼락처럼 쳐올렸다.

쾅!

눈에 보이지 않던 무언가가 맹렬한 폭음을 내며 터져 나갔다.

그리고 하얀 쇳가루가 허공을 가득 메우며 달빛을 받아 반짝였다.

'이게 천비광섬?'

남천은 당자성을 쏘아보았다.

"어떻소, 천비광섬을 본 소감이?"

당자성이 손을 풀며 물었으나 남천은 쉽게 입이 떨어지지 않았다.

당자성은 남천의 속을 훤히 들여다본 듯 그의 말을 대신했다.

"약하지요?"

"……!"

사실 그랬다.

기대했던 천비광섬이라고 하기에 방금 전의 초식은 너무 약했다.

물론 일반적인 절정의 고수들에게 사용한다면 상황이 달라질 수 있었겠으나, 남천 정도 되는 무인에게는 전혀 위협이 되지 못했다.

오히려 지난번에 보았던 천성살악 악중일의 비도가 훨씬 무서웠다.

남천은 곤혹스러웠지만 마지못해 고개를 끄덕였다.

"역시 그대가 보기에도 그렇군."

"이게 정말 천비광섬이 맞소?"

"확실히 방금 것은 천비광섬이었소. 나도 처음 보았을 땐 실망을 금치 못했지."

"흐음……."

남천이 실망하는 듯 보이자 당자성은 조용히 말을 계속했다.

"그러나."

그는 남천을 보며 빙긋 웃었다.

"천비광섬은 분명 할아버님의 무공이 맞긴 하지만 진정한 무신의 무공이 아니었소."

"무슨 뜻이오?"

"귀하의 사부이신 일수만병파 또한 마찬가지 아니겠소? 우리가 아는 일수만병파의 무공은 '육장으로 병기를 깨부순다', 이것 하나밖에 없소."

"……?"

"그러나 단순히 그것뿐일 리가 없지. 그대가 더욱 잘 알 것이오."

남천은 그의 말에서 확연히 깨닫는 바가 있었다.

사실 사부의 무공은 그 종류가 너무나 다양하여 말로 설명하기조차 어려웠다.

기를 응축하여 사용하는 강기의 무공 홀벽쇄혼지, 피부를 포함한 모든 장기마저 금석처럼 단단하게 만드는 천뢰금신, 천하에서 가장 빠른 신법인 신풍광비보.

그럼에도 알려진 것은 고작 '병기를 깨부순다'는 두루뭉술한 말뿐이었다.

"그렇다면 그의 진정한 본신무공은 천비광섬이 아니란 말이오?"

"물론이오."

당자성의 기도가 일순 변했다.

지금까지 잔잔한 물결 같던 그의 기세 마치 격랑처럼 거칠어졌다.

"그래서 지금부터 보여주려 하오."

남천은 급히 진력을 끌어올렸다.

뭔진 알 수 없지만 그의 기세가 심상치 않았다.

지금까지 단 한 번도 겪어보지 못한 미지의 기운이었다.

어찌 보면 백화선궁 사람들이 뿜어대는 기세와도 비슷했다.

그러나 훨씬 강렬하면서도 살끝을 저리게 했다.

"진정한 할아버님의 무공은……."

그의 고개가 잠시 숙여졌다 싶은 순간 번뜩 들렸다.

그리고 그의 입에서 남천이 전혀 예상하지 못한 말이 튀어나왔다.

"바로 독공이오!"

후아아악!

당자성의 몸에서 진한 녹광이 피어올랐다.

그리고는 순식간에 그의 전신을 뒤덮어 버렸다.

남천은 그 모습에 놀라 눈을 부릅떴다.

'독공!'

왜 그 생각을 하지 못했을까?

아니, 남천뿐만 아니라 그 누구도 하지 못했다.

사천당가는 암기를 다루는 능력이 뛰어났을 뿐만 아니라 독에 관해서도 가히 독보적이었다.

그렇지만 아무도 무신의 무공이 독공이란 생각을 하진 못했다.

어쩌면 당연했다.

당가의 절정고수들은 거의 독을 사용하지 않았다.

독이란 것 자체를 무공이라기보다는 기술로 보는 사람이 많기 때문이다.

또한 독은 조제하는 것이 어렵지, 사용하기는 쉽다고 생각하는 사람도 많았다.

물론 하독하는 것도 말처럼 쉬운 것은 아니었지만 암기술에 비해 아래로 보는 게 대체적이었다.

그러니 당가의 최고수, 아니, 중원의 최고수일지 모르는 당예문이 어찌 독을 사용하리라 예상할 수 있겠는가?

그리고 또 다른 이유도 있었다.

그의 별호이자 성명절기인 천비광섬.

천비광섬은 비도를 날리는 비도술이다.

때문에 그의 모든 무공은 암기술일 것이라 지레짐작하고 있었던 것이다.

당자성의 손이 느릿하게 움직였다.

그의 우장이 남천을 가리켰다.

푸악!

그러자 그의 전신을 뒤덮고 있던 녹광이 격한 움직임을 보이며 꿈틀하더니 곧바로 그의 손을 거쳐 남천에게 폭사되어 갔다.

"웃!"

남천은 자신도 모르게 외마디 소리와 함께 급히 허리를 틀었다.

펑!

간발의 차다.

이 장을 격하고 날아온 정체를 알 수 없는 녹색 덩어리가 남천의 허리 어름을 스치고 지나가며 땅바닥을 후려쳤다.

땅에 부딪친 기운은 다시 튀어나가며 뒤에 있던 수풀과 나무를 때렸다.

바닥과 뒤를 연이어 바라본 남천의 눈에는 은은한 놀람의 빛이 서렸다.

치치치칙.

놀랍게도 당자성의 장력을 얻어맞은 나무는 커다란 구멍이 뚫렸고 그 주위에 있던 수풀들은 서서히 시들어가고 있었다.

바닥에도 푸른 기운이 스며들었다.

또한 미세하게 스친 남천의 옷은 녹아들더니 주먹이 드나들 정도의 구멍이 생겼다.

'이게 당예문의 무공?

"이번 것은 어떻소?"

남천은 녹광으로 물든 당자성의 눈을 보며 말했다.

"놀랍군."

이는 남천의 솔직한 심정이었다.

독을 이런 식으로 사용할 수 있다는 사실 자체가 놀라운 일이었다.

보통 독공이라 하면 하독하는 것을 말한다.

그러나 지금 당자성이 보여주고 있는 독공은 그런 차원이 아니었다.

공력에 독이 섞여 있다.

내공에 독이 녹아들어 있다.

그래서 단순하게 내뻗는 장력도 독장이 되고, 그의 숨결에
마저 독이 녹아들어 있었다.

독인이라 해도 과언이 아니었다.

그러나 남천은 한 가지 의문도 있었다.

과연 저런 위력의 무공을 펼치고도 부작용은 없는 걸까?

일견에도 당자성이 보여주고 있는 무공은 마공이나 사공
처럼 느껴졌다.

"당신, 괜찮은 거요?"

당자성은 남천의 말에 피식 웃었다.

"당연히 괜찮지, 설마 내가 만든 독에 죽기라도 하겠소?"

무신이 만든 무공.

마공일 리 없었다. 마공이었다면 자신의 손자에게 전수조
차 하지 않았을 것이다.

"자, 그럼, 시작을 알리는 것은 이것으로 됐고. 본격적으로
한번 붙어봅시다."

당자성의 얼굴에 한줄기 기묘한 미소가 떠올랐다.

녹광과 어우러져 섬뜩해 보이는 미소.

그에게는 어느새 자신감이 넘쳐흐르고 있었다.

남천의 눈빛이 깊게 가라앉았다.

아무리 당자성이 당예문의 진전을 이어받았다고는 하나
자신은 일수만병파의 무공을 익혔다.

서자충천공이 독공에 밀리리란 생각은 들지 않았다.

그리고 이번 기회에 보여줄 셈이었다.

자신의 무공이 단순히 병기만을 깨뜨리는 데 사용되는 무공이 아니라는 사실을……

당자성은 자신만만하게 소리쳤다.

"목숨을 걸어야 할 거요!"

남천의 눈에서 눈부신 광망이 발해졌다.

"그대 역시 마찬가지요."

당자성은 잠시 흠칫하더니 예의 미소를 떠올리며 양손을 크게 휘저었다.

화확!

마치 불덩이를 던지는 듯한 모양새였다.

그러자 그의 양손에서 튀어나온 녹색 덩어리가 또다시 남천을 덮쳐 갔다.

남천의 표정이 살짝 굳어진다 싶은 순간,

콰앙!

폭음과 함께 그의 신형이 허깨비처럼 사라져 버렸다.

퍼펑!

그가 사라진 자리에 녹광이 틀어박히며 땅을 녹색으로 변화시켰다.

당자성의 눈이 좌측으로 돌아갔다.

"좋은 신법! 그러나."

한 소리 내뱉은 그는 좌장을 들어 아무것도 없는 허공을 후

려쳐 갔다.

어느새 나타났는지 그곳에는 남천이 주먹을 내지르고 있었고, 내려친 당자성의 손과 남천의 주먹이 비스듬히 만났다.

펑!

주먹이 저릿해 왔다.

남천은 신형을 한 바퀴 틀며 급히 뒤로 물러섰다.

어느새 제자리로 돌아온 남천은 주먹을 내려다봤다.

'역시!'

남천의 주먹은 옅은 녹색으로 물들어 있었다.

그는 일단 시험해 보았다.

처음 접해보는 독공인지라 과연 독에 중독되는지, 아니면 그 외 어떤 신체에 변화가 일어나는지 확인해 볼 필요가 있었다.

결과는 예상대로다.

기파에 의한 충격은 있을지언정 중독 현상은 없다.

장력에 맞은 수풀들은 생명을 잃고 시들어갔지만 백천의 단계에 이른 남천의 몸을 파괴하진 못했다.

겉 피부만 물들였을 뿐, 내부로 침투하지 못한 것이다.

아니, 침투는 했다.

그러나 서자충천공의 막대한 내력 앞에 힘을 쓰지 못하고 사라져 버린 것이다.

만약 당자성을 상대하고 있는 자가 남천이 아니었더라면

결과는 참혹했으리라.

필시 팔이 끊어지고 뼈가 녹아들었을 것이다.

"할아버님께 들은 말이 있소."

남천은 당자성을 쳐다보았다.

"일수만병파의 무공은 만독불침의 무공이라 하셨소. 때문에 독공을 펼치더라도 본연의 위력을 발휘하진 못한다 했지. 직접 눈으로 보니 그 말씀이 맞는 것 같군."

"……."

"하지만 말이오. 더 강한 힘으로 찍어 누르면 어찌 될까 싶소, 그래도 과연 만독불침일지."

"무슨 뜻이오?"

남천은 그의 말에서 이상한 낌새를 눈치 채고 물었다.

"바로 이런 뜻이지."

획!

당자성이 처음으로 신법을 전개했다.

비무대회에서 보여줬던 낙회태보였다.

하지만 뭔가 달랐다.

독공을 익히며 내력이 훨씬 상승되었는지 일 보 일 보가 솜털처럼 가벼웠다.

마치 허공에 떠가는 듯한 움직임.

그러나 그런 가벼운 움직임에서도 속도는 눈부시게 빨랐다.

남천은 마냥 기다리고 있지 않았다.

독공을 막아낼 수 있다는 확인을 한 이상 박투의 승부라면 승리는 자신의 것이었다.

쾅!

신풍광비보가 발휘되고 당자성의 앞가슴을 향해 주먹을 내질렀다.

순식간에 두 사람의 거리가 가까워졌다.

바로 그 순간,

남천의 코앞에서 두 개의 비도가 발출되었다.

'헛!'

천비광섬이었다.

처음 보여준 천비광섬은 이 장의 거리가 있었는 데 반해 지금은 두 자도 안 되었다.

게다가 비도 전체에 녹광이 서려 있었다.

독공이 병기에도 응용될 수 있는가?

남천은 그대로 초식을 전개할 수 없었다.

주먹을 내지른다면 중심이 흐트러질 테고 그리되면 비도를 피하지 못할 것이다.

그대로 맞아줄 수도 있겠으나 그건 너무 위험했다.

"칫!"

결국 남천은 뻗어나가던 우권을 옆으로 비스듬히 흘려 안으로 모았고, 좌수와 더불어 비로 쓸듯 비도를 후려쳤다.

투캉!

하나의 비도는 옆으로 튕겨 나갔다.

그러나 나머지 하나는 남천의 손을 피해냈다.

그리고 오른쪽 어깨에 깊숙이 틀어박혔다.

"큭!"

남천은 비도를 꽂은 채 휘청거리며 뒷걸음질쳤다.

그는 급히 신형을 안정시키며 다음의 공격에 대비했다.

하나 당자성은 우두커니 선 채 아무런 행동도 취하지 않았다.

'이… 이게……!'

남천은 당혹스러웠다.

분명 천비광섬을 보았다.

궤적을 읽었고 정확히 쳐냈다고 생각했는데 그게 아니었다.

두 번째 비도를 쳐갔을 때 변화가 일어났기 때문이다.

원래 천비광섬은 극쾌의 무공.

그래서 일직선으로 나아간다.

하지만 이번엔 달랐다.

처음의 것은 일직선인 데 반해 두 번째 것은 마지막에 기묘하게 방향을 바꿔 팔을 타고 올라갔다.

이것도 녹광이 내는 변화였을까?

천비광섬도 발전한 것일까?

원인이야 알 수 없겠지만 천비광섬이 한 단계 발전한 것만은 분명한 사실이었다.

그리고 또 한 가지.

남천의 어깨에 박힌 비도는 처음의 녹색이 아닌 본래의 하얀빛으로 돌아와 있었다.

그렇다면 녹광을 발하던 독은 어디로 사라졌는가.

"큭!"

남천이 미처 이를 생각하기도 전에 반응이 왔다.

몸속으로 침투한 것이다.

독장 정도로는 남천의 몸속까지 침투할 수 없었으나 비도에 실려 있었기에 침투가 가능했다.

비도가 살과 기혈을 파괴해서 독이 스며들 수 있게 도와주는 역할을 했다.

남천은 이미 개혈을 이룬 몸.

기혈이 막힐 염려는 없었다.

그러나 고통마저 없는 것은 아니었다.

"크……."

어깨를 타고 들어온 독기가 솜에 물이 스며들 듯 급속도로 전신으로 퍼져 갔다.

남천의 전신이 부들부들 떨렸다.

도대체 그 비도에 얼마나 많은 독이 묻어 있던 것일까?

얼마만 한 독력이 있었기에 이런 현상이 발생하는 것일까?

서자충천공의 막대한 내력 앞에선 만독이 무용지물이거늘 남천은 몸이 마비되는 느낌이었다.

그때 당자성의 목소리가 들려왔다.

"팔성이오."

'팔성?'

남천은 그가 무슨 소릴 하는지 몰라 고개를 치켜들었다.

기이하게도 당자성의 안색은 남천만큼이나 좋지 않았다.

'왜?'

남천은 그의 변화를 눈치 챘지만 이유를 몰랐다.

왜 공격을 한 그가 저런 몰골인가?

당자성은 눈에 띄게 내력이 흐트러져 있었다.

녹광이 충만하던 그의 전신은 어슴푸레한 녹광이 겨우 남아 있을 뿐이었다.

그리고 얼굴은 창백했다.

"팔성이었소. 그대 몸에 들어간 나의 녹섬양진기(綠殲陽眞氣) 말이오."

남천은 정신이 없는 와중에도 그 말에 눈을 부릅떴다.

팔성?

그렇다면 두 번째 비도에 당자성의 내가진기가 팔성이나 들어 있었다는 것인가?

"조부님께선 일수만병파의 무공을 꺾기 위해서는 단순한 녹섬양신공만으로는 안 된다 하셨소. 그래서 생각해 낸 것이 천비광섬에 막대한 양의 진기를 싣는 것이었고 결국엔 이를 해냈지."

남천은 그의 말이 믿기지 않았다.

병기에 기를 싣는 것은 정절의 경지에 이른 고수들에게 불가능한 것은 아니었다.

그러나 이는 어디까지나 병기에 강한 힘을 깃들게 하는 데에 목적이 있었다.

당자성의 비도처럼 진기를 내재했다가 상대의 몸에 틀어박힌 후 주입되는 식이 아니었다.

물론 병기를 손에 쥐고 있는 상태라면 가능할지도 몰랐다.

하지만 비도처럼 자신의 손을 떠나는 병기에마저 이런 조절이 가능하다는 말은 처음 듣는 것이었다.

그것도 당자성처럼 뛰어난 고수의 팔성에 이르는 막대한 공력을 말이다.

'그랬군. 이것의 정체가 거의 모든 그의 공력이라 해도 과언이 아니었군.'

이 때문에 공격을 한 당자성 역시 무사할 수 없었던 것이다.

일시지간에 오분지 사의 공력을 잃어버렸으니…….

남천은 한동안 당자성을 뚫어지게 쳐다보다 느릿하게 고개를 저었다.

"당신은 너무 무모했소."

당자성은 흠칫했다.

만약 일대일의 비무가 아니었다면 결코 시도할 수 없는 공격이었다.

남천의 반 정도의 실력이 있는 무인이라도 이 자리에 남아 있다면 당자성의 목숨은 그의 것이나 다름없었다.

당자성도 이를 잘 알았다.

그리고 남천이 저런 말을 하는 이유도 알 것만 같았다.

그 역시 고개를 저으며 대꾸했다.

"무모하지 않소. 당신을 꺾을 수만 있다면 말이오."

남천은 그를 조용히 응시하다 나지막한 한숨을 내쉬었다.

"그래서 하는 말이오."

"……?"

"이것만으로는 나를 꺾지 못한단 뜻이오."

남천은 허리를 곧게 치켜세웠다.

혈색도 원래대로 돌아왔다.

"어… 어떻게?"

당자성의 음성이 자신도 모르게 떨려 나왔다.

녹섬양진기는 분명 남천의 몸 안에 들어갔다.

두 눈으로 똑똑히 보았다.

일성만으로도 피와 살을 녹이는 진기다. 그런 진기가 무려 팔성이나 들어갔는데 어떻게 저리 멀쩡할 수 있단 말인가?

"당신의 진기가 정확히 어떤 역할을 하는지 모르겠지만,

나에게는 오히려 도움을 준 것 같소."

남천은 화주린이 고마웠다.

그가 없었다면 오늘의 대결은 남천의 패배로 끝났을지도 몰랐다.

당시 만고사독을 해독하고 나서 화주린과 서자충천공에 대해 이야기를 하면서 두 사람은 기이한 사실을 찾아냈다.

정확히는 남천의 경험 때문이다.

남천은 만고사독에 중독되고 나서 청해의 마지막 단계를 이루었다.

이는 주체할 수 없었던 진기들이 만고사독의 독성과 싸우며 순화되어 가능했다.

하지만 후에 이상한 점을 발견했다.

융합되지 않고 남아 있던 청해의 기운들을 모두 합친 것보다 오히려 공력이 증진되었던 것이다.

화주린은 이에 대해 만고사독의 성질 때문에 이뤄진 기연이라 판단했다.

다른 독도 그럴지는 모르나 만고사독의 경우에는 직접적인 타격보다는 간접적인 고통을 유발하는 독이다.

때문에 기력의 성질을 내포하고 있었다.

결국, 이런 기력을 자신의 것으로 조절하고 길들일 수만 있다면 공력이 한층 증진되는 효과를 가져올 수 있는 것이다.

남천과 화주린은 만고사독을 복용하고 직접 시험해 보았다.

남천은 공력을 얻을 수 있었다. 그러나 화주린은 아니었다.

화주린은 만고사독을 해독할 수는 있었지만 그 힘을 자신의 것으로 만들지는 못했다.

오로지 서자충천공을 익힌 남천만이 가능했다.

그때 화주린은 탄식을 하며 우스갯소리로 말했다.

"너에게 함부로 독을 썼다가는 좋은 선물을 주는 꼴이겠구나."

그 말대로였다.

처음 독성에 노출됐을 때 남천은 온몸이 마비되는 느낌이었다.

바로 풀과 나무를 녹였던 녹섬양진기의 공능 때문이다.

그러나 이는 오래가지 않았다.

당자성의 팔성의 공력은 비록 대단하기는 했지만 남천의 공력에 비하면 채 삼성에 미치지 못했다.

당자성이 생각했을 때는 막대한 공력이었지만 남천의 몸에 들어온 공력은 충분히 감당해 낼 수 있는 양이었다.

바닷물에 강물이 섞인다 하여 강물로 변하지는 않는다.

오히려 강물이 바닷물로 변할 뿐.

같은 이치였다.

게다가 묘하게도 녹섬양진기의 대부분의 성질은 만고사독

과 흡사했다.

그랬기에 남천은 얼마 지나지 않아 모든 녹섬양진기를 해독해 낼 수 있었던 것이다.

"혹시 만고사독이라고 알고 있소?"

"그대가 어떻게 만고사독을 아시오? 그건 할아버님만의……."

당자성의 반응을 보고 확신했다.

당예문은 녹섬양신공을 창안할 때 만고사독과 유사한 기운이 섞이게끔 했으리라.

그게 더 유용할 것이라는 판단에 그랬겠지만 결과적으로는 도움을 준 꼴이 되고 말았다.

"나는 만고사독에 중독된 적이 있소."

"뭣?"

당자성의 눈빛이 크게 흔들렸다.

"당신이 만고사독에 중독된 적이 있다고? 그건 할아버님만이 가지고 있는 물건인데. 그럼 그분이 직접?"

"그건 그분께 직접 물어보시오."

남천은 그에게 자세히 이야기해 줄 필요성이 없었다.

또한 당예문이 살수를 불러들여 자신을 죽이려 했다는 사실을 어찌 말할 수 있겠는가?

남천은 물끄러미 그를 쳐다보다 다시 물었다.

"이젠 어떻게 하시겠소?"

승부는 이미 결정난 것과 다름없었다.

남천은 비도에 어깨가 뚫린 부상을 입은 데 반해 당자성은 내력의 태반을 잃어버렸다.

정상인 상태에서도 승리를 장담하지 못하는데 이미 내력이 고갈된 당자성은 더 이상 남천의 상대가 되지 못했다.

그러나 당자성의 생각은 달랐다.

'여기까지 왔는데 이대로는 안 된다.'

이대로라면 자신 혼자 이리 뛰고, 저리 뛰고 하다가 패배한 꼴이었다.

남천의 공격을 받아낸 적조차 없었다.

그러니 그가 이 상태로 패배를 자인할 수는 없는 노릇이었다.

"아직 끝나지 않았소!"

당자성은 있는 힘을 다해 소리쳤다.

그러나 그에게서 삼 장여 떨어져 땅속에 누워 있는 만학련은 당황하여 속으로 외쳤다.

'아니다, 이놈. 이미 끝났다!'

만학련은 모든 흑뢰구를 폭발시킬 적당한 시기를 지금까지 기다리고 있었다.

두 사람이 정신없이 서로 엉겨 붙을 때쯤이 가장 적당한 때였다.

그래서 남천이 비도를 받을 때도 가만히 참고 있었다.

곧 있으면 일장박투가 벌어지리라 예상한 채 말이다.

그런데, 끝이라고?

비도 몇 번 날려대고 받아대더니 그게 끝이라고?

만학련은 욕을 퍼부어댔다.

고수라는 놈들이 기껏 그 정도밖에 싸우지 못한단 말이냐.

피가 튀고 팔이 잘리고 내장이 흘러나올 정도로 치열하게 싸워야 하거늘, 어린애들 장난하는 것처럼 놀다가 이렇게 끝낼 셈이냐?

큰일이었다.

이렇게 싸움이 끝나면 계획은 모두 물거품이 되고 말 것이다.

한 놈도 이 자리를 벗어나선 안 됐다.

그러기 전에 폭사해야만 했다.

만학련은 지금밖에 기회가 없다 생각했다.

'이제 끝이다, 이놈들!'

그는 사멸정폭공을 시전했다.

"엇!"

남천은 만학련이 사멸정폭공을 시전하려는 그 찰나의 순간 그의 기척을 감지해 냈다.

아무리 사멸정폭공이 극도의 은둔술이라고는 하지만 폭발을 시전하는 그 순간만큼은 미세하게 기의 파동이 일어난다.

'위험!'

"피하시오!"

남천은 급히 소리치며 뒤로 몸을 날렸다.

그러나 당자성은 그런 남천을 멀뚱하게 쳐다보고만 있었다.

그 순간,

재앙과도 같은 폭발이 공지를 뒤덮었다.

남궁상연은 한 채의 자그마한 초옥 앞에 서 있었다.

그녀로서는 처음 와보는 곳. 그러나 이야기는 많이 들어 낯설지 않았다.

그녀가 사랑하는 사람이 태어나고 자란 집, 바로 남천의 초가였다.

이곳에 왜 왔을까.

초가를 바라보는 그녀의 눈에는 슬픔이 한가득 고여 있었다.

'찾지 못했어요…….'

남궁상연은 개방으로부터 남천이 살아 있다는 소식을 들었다.

당연히 살아 있으리라 믿고 있었기에 담담할 줄 알았건만 눈물이 흐르는 것은 어쩔 수 없었다.

그렇지만 남천의 생환을 기뻐하면서도 그녀는 침통했다.

그를 볼 면목이 없었다.

금난영은 없었다.

개방으로부터 얻은 정보로 찾아간 가장 가능성이 높았던 세 명, 그들 모두 백화선궁과는 무관한 사람들이었다.

무인도 아니었다.

그냥 평범한 삶을 살아가는 평범한 자들.

육대세가에 육색용번까지 동원해 가면서까지 금난영을 찾아달라 부탁했지만, 그 역시 아무런 소득이 없었다.

세상 그 어디에도 백화선궁의 금난영은 존재하지 않았다.

신강에서 남해에 이르기까지 모두 뒤져 봤지만 찾을 수 없었다.

'이젠 어쩌죠?'

남궁상연의 새하얀 얼굴에 자조의 빛이 떠올랐다.

또다시 눈물이 차올랐다.

'우리 불쌍한 관화는 어쩌죠?'

관화를 살리기 위한 태음설하초. 태음설하초를 얻기 위해 찾았던 금난영. 결국 모든 노력이 실패로 돌아갔다.

남궁상연은 차마 사관화가 있는 남궁가에 머물지 못하고 밖으로 나왔다.

그리고 찾아온 곳이 이곳 남천의 초가였다.

왜 이곳으로 오게 됐는지는 그녀 자신도 알지 못했다.

그냥 발길 닿는 대로 걷다 보니 이곳이었을 뿐.

그녀는 지치고 힘들었고, 위로받고 싶었다.

누구에게든.

남궁상연은 문득 남천의 아버지를 떠올렸다.

무신 일수만병파의 동생, 그가 비록 무공을 사용하지 않는다 하나 가늠하기 힘든 고수인 것만은 틀림없었다.

청년이 되기 전까진 오히려 진전이 일수만병파를 능가했다 했으니.

고수를 만나게 된다는 부담감도 있었다. 그러나 그보다는 더욱 중요한 사실이 발목을 잡고 있었다.

사랑하는 이의 아버지, 즉 시아버지가 될지도 모르는 사람이니 말이다.

게다가 만나서 뭐라 한단 말인가?

느닷없이 혼자 찾아와 당신 아들의 정인이라 말할 수 있는 대담한 여인은 많지 않았고 남궁상연 역시 그런 용기는 없었다.

그녀는 이러지도 저러지도 못한 채 초가 앞에서 고개를 푹 숙이고 서 있었다.

얼마나 지났을까.

문득 인기척을 느낀 그녀는 번쩍 고개를 들어 뒤를 돌아봤다.

그리고 그 순간 얼어붙었다.

남천과 똑같은 얼굴.

아니, 남천에 비해 훨씬 나이가 많아 오십대 정도로 보이는 한 남자가 손에는 곡괭이를 든 채 자신을 멀뚱멀뚱 바라보고 있었다.

그리고 그 옆에는 커다란 광주리를 허리에 끼고 있는 여인도 있었다.

나이는 남자와 비슷했으나 여인이라 그런지 피부가 아직까지는 고와 보였다.

그녀가 들고 있는 광주리에는 나물과 채소가 차 있어 이제막 밭일을 하다 들어왔음을 짐작케 했다.

'소협의 아버님과 어머님!'

두 사람은 그녀의 예상대로 남천의 부모인 남위량과 서왕림이었다.

"뉘시오?"

남위량이 남궁상연의 전신을 위아래로 한번 훑어보고는 물었다.

그의 음성에는 외지인에 대한 호기심과 궁금함이 함께 들어 있었다.

"저… 저는……."

남궁상연은 너무나 갑작스러워 더듬거렸다.

아직 뭐라 할지 마땅한 준비도 하지 않았는데 이렇게 맞닥뜨리게 되니 그나마 생각해 뒀던 말들도 머릿속이 하얗게 되어 기억나지 않았다.

"누굴 찾아오셨소?"

남궁상연은 한참을 우물쭈물하다가 겨우 입을 열었다.

"혹시, 남 소협의 아… 버님 되시는 분……?"

"우리 천이를 알아요?"

느닷없이 옆에 있던 여인, 서왕림이 불쑥 물었다.

그녀는 만면에 놀란 기색이 가득했다.

그녀는 광주리를 땅에다 떨어뜨리고는 놀라 아무 말도 못하는 남궁상연의 옷을 움켜잡았다.

"우… 우리 천이는 지금 어디… 어디에 있는지 알아요?"

그녀의 음성은 심하게 떨리고 있었다.

아들을 못 본 지 사 년이 다돼갔다.

그동안 제대로 된 소식 하나 듣지 못했다.

두 명의 아들 중 형은 죽고, 동생은 감감무소식이니 그녀의 마음이 오죽했으랴.

"여보, 진정하시구려."

남위량이 조용히 손을 내밀어 그녀의 손을 잡았다.

그러나 서왕림은 고개를 홱 돌려 그를 쏘아보며 울듯이 소리쳤다.

"당신은 우리 천이가 걱정도 되지 않나요? 나는, 나는……!"

남위량은 다정한 표정으로 그녀의 손을 쓰다듬었다.

"어찌 나라고 해서 걱정이 되지 않겠소. 그러나 당신이 이러면 손님이 곤혹스러워하지 않겠소?"

서왕림은 그렁그렁한 눈으로 남위량을 올려다보다 옷깃을 잡고 있던 손을 살며시 풀었다.

"이해하기 바라오, 아들 놈 생각이 워낙 간절해서 그런 것이니."

"전 괜찮습니다."

"그런데 천이를 알고 있소? 보아하니 무슨 안 좋은 일이 있는 듯도 한데."

남궁상연은 흠칫해서 급히 고개를 저었다.

"아… 아니에요. 소협께는 별일없어요. 다만 평상시에 두 분 말씀을 많이 하셔서 이렇게……."

그녀는 사실대로 말할 수 없었다.

남천이 부상당했었다는 얘기도, 사관화, 즉 그의 조카가 죽어간다는 얘기도.

남천 하나만으로도 이렇게 걱정하시는데 차마 그런 이야기를 자신의 입으로 전할 용기가 그녀에겐 없었다.

남위량은 포근한 미소를 지으며 사립문을 열었다.

"여기서 이러고 있지 말고 안에 들어가서 이야기합시다."

第四十六章

남천귀서(藍天歸棲)
一집에 돌아오다

藍天俠傳

俠

초가 안은 조촐하기 짝이 없었다.

방 두 개에 작은 마루 하나, 그리고 좁은 마당.

그게 전부였다.

남궁세가의 커다란 전각만을 보고 살아온 그녀에겐 참으로 볼품없는 집일 수도 있으나 정작 남궁상연은 그리 생각하지 않았다.

남궁세가는 무가이기 때문에 항상 치열한 경쟁의식이 있었다.

잘 때도 식사할 때도 무의식중에 남을 의식했다. 그 때문에 안락과는 거리가 멀었다.

그랬기에 남궁무상은 그녀를 데리고 강호행을 했던 것이다.

남궁상연은 따뜻한 기분이 들었다.

이곳엔 세가 내에 없는 정이 있었다.

'이곳에서 남 소협이 자랐구나.'

태어나고, 뛰어놀고, 밥을 먹고, 그렇게 사랑하는 남천이 살아온 곳이었다.

직접 안으로 들어와 보자 밖에서 볼 때와는 또 다른 느낌이었다.

'오길 잘했어.'

조금은 힘이 났다.

남위량은 온가족이 모여 밥을 들던 평상 위를 남궁상연에게 권했다.

"그래, 무슨 일 때문에 오셨소? 그리고 처자는 뉘시오?"

"아!"

그녀는 깜짝 놀라 자그맣게 소릴 질렀다.

어이없게도 아직까지 자신이 누군지 밝히지 않았던 것이다.

"저는 남궁상연이라 합니다. 소협과는… 몇 년 전부터 알고 지냈고……."

"그렇다면 천이의 친구구려."

"맞습니다, 아버님."

"아버님이라……."

남위량이 넌지시 되뇌자 남궁상연은 할 말을 찾지 못한 채 얼굴을 붉혔다.

"허허. 아들의 친구는 내 자식과 다름없지. 하니 너무 난처해할 필요 없소."

남위량은 모처럼 손님이 찾아오자 무척 기분이 좋은 듯했다.

아니, 그보다 남위량은 바보가 아니었다.

이렇게 젊은 처자가 찾아온 것을 보아 그녀는 아들의 정인이 틀림없었다.

그렇다는 말은 남천도 별탈이 없다는 뜻이 되고, 남궁가의 여식과 사귀었으니 훌륭한 무공을 익혔다는 뜻도 됐다.

그가 보기에 남궁상연은 이미 절정의 반열에 올라 있었다.

그런 그녀가 아들과 사귀고 있으니 남천의 실력은 그보다 높을 것이다.

그리고 세가라는 곳이 다들 그렇듯이 함부로 사람을 사귀지 않았다. 그럼에도 남천과 사귈 뿐 아니라 이렇게 찾아왔다는 것은 곧 아들이 바라던 소원을 이뤘다는 말이 됐다.

"그래, 여기까지 찾아온 것을 보아 뭔가 들려줄 이야기가 있는 듯한데?"

남궁상연이 아무 말도 안 하고 있자 기다리다 못한 남위량이 물었다.

'무얼 얘기해야 하지……?'

그녀는 잠시 고민하다 이윽고 입을 열었다.

"남 소협이 일수만병과 어르신을 만난 것은 삼 년 반 전이었습니다. 아버님께서 아시다시피 그분은 소협의 백부……."

남궁상연은 여기까지 말하다 말고 급히 말을 멈췄다.

"백부? 그게 무슨 소리요? 이이에게 형님이 없는데?"

서왕림이 다그치듯 물었다.

그러나 남궁상연이 말을 멈춘 것은 그녀가 끼어들었기 때문이 아니었다.

무언가 기이한 기운이 자신의 목소리를 막았기 때문이다.

'이게 뭐지?'

그녀는 말을 할 수 없었다.

아프지도 않고 몸에 아무런 이상도 없다.

그런데 목소리만 나오지 않았다.

그때 그녀의 머릿속으로 남위량의 말소리가 흘러들어 왔다.

"자네는 너무 자세하게 말할 필요 없네. 아직 내 아내가 알아서 좋을 게 없다네."

남궁상연은 너무나 놀라 기절할 것만 같았다.

남위량은 자애로운 미소를 짓고 있을 뿐 어떤 기의 움직임도 밖으로 드러내지 않았다.

공력을 끌어올린 것도 아니다.

그럼에도 자신의 신체 기능을 조절하고 있었다.

그리고 머릿속에 울리는 그의 목소리.

타인의 머릿속에 자신의 생각을 전한다는 불문의 혜광심어(慧光心語)란 말인가?

그녀는 남위량이 자신의 생각을 훨씬 뛰어넘는 고수란 사실을 비로소 실감할 수 있었다.

"아닙니다, 어머님. 친백부가 아니고 사부이면서도 집안의 웃어른처럼 자상하게 가르치셨단 뜻이지요."

"그럼, 그 사부 되는 분이 훌륭한 사람인가요?"

서왕림은 마치 옛날이야기를 듣는 어린아이처럼 호기심 어린 눈초리였다.

그동안 몰랐던 아들에 관한 이야기니 당연했다.

"매우 훌륭한 분이시죠. 저희 아버님과도 친분이 있는 분으로서……."

남궁상연의 이야기는 서왕림과 남위량의 관심 속에 한참이나 계속되었다.

그래서 결국은 남천이 비무대회에 우승한 날까지 이어지고 끝을 맺었다.

그 뒤의 이야기는 부모 된 입장으로서 듣기에는 매우 거북한 것이었으니 말이다.

"아, 그럼 천이도 훌륭한 사람이 되었단 말이군요."

서왕림은 기쁜 기색으로 남위량을 돌아보며 말했다.

마치 그녀는 무공이 뛰어나면 훌륭한 사람이라 생각하고 있는 듯 보였다.

남위량은 고개를 끄덕이며 그녀의 말에 호응했다.

"그렇소. 이미 내 이야기 했잖소, 천이 일은 걱정하지 말라고."

남위량은 그런 후 하늘을 올려다보며 혼잣말처럼 중얼거렸다.

"일수만병파라……."

남위량은 예전의 기억을 떠올리고 있는 듯했다.

형이 절정고수들을 파죽지세로 격파해 나가는 모습을 지켜보던 그때를…….

*   *   *

콰콰광!

"웃!"

남천은 급히 뒤로 몸을 날렸지만 불길에 휩싸이는 것을 완전히 피해내진 못했다.

그러나 지옥의 화염처럼 치솟은 불길도 백천에 이른 남천의 천뢰금신을 깨뜨리진 못했다.

옷가지만 탔을 뿐, 남천의 몸은 멀쩡했다.

십여 장 가까이 물러났던 남천은 불신의 눈빛으로 자신과 당자성이 있던 공터를 바라보고 있었다.

'도대체 무슨 일이 벌어진 거지?'

당자성이 서 있던 곳 오 장가량은 완전히 폐허가 되었다.

바닥으로도 반 장이나 움푹 파였다.

그렇지만 남천이 서 있던 자리는 비교적 멀쩡했다.

다만 폭발의 충격으로 위쪽 땅거죽만 벗겨졌을 뿐이었다.

당자성은 흔적도 없이 사라졌다.

그의 것으로 보이는 물건조차 남아 있지 않았다.

'그에게 원한이 있던 자의 짓일까?'

근처에서 느껴지던 인기척도 폭발과 함께 없어졌다.

이를 보아 처음부터 함께 폭사하려는 속셈인 듯싶었다.

"휴우……."

남천은 깊은 한숨을 내쉬었다.

이렇게 어이없는 결말이라니.

무거운 돌을 가슴에 얹어놓은 것처럼 답답했다.

물론 이미 승부가 난 상황이긴 했으나 상대가 이렇게 맥없이 죽어버렸으니 마음이 편할 리 없었다.

그렇지만 조사해 볼 필요는 있었다.

남천은 폭발이 일어난 구덩이부터 조사했다.

그러나 딱히 이렇다 할 흔적이 남아 있지 않았다.

거대한 폭발과 함께 모든 것이 날아가 버렸으니 뭔가가 남아 있을 리 없었다.

남천은 한동안 우두커니 서서 고심하다 옆의 숲 속에 들어가 비교적 넓은 돌을 주워왔다.

그리고 홀벽쇄혼지를 끌어올려 돌판에 글씨를 새겼다.

사천당가(四川唐家) 당자성지묘(唐刺星之墓).

남천은 잠시 묘비를 바라보다 깊이 파인 구덩이 조금 위쪽에 돌판을 박아 넣었다.

당가의 장손치고는 초라하기 짝이 없는 묘지.

하나 시체조차 남기지 못했으니 남천으로서 할 수 있는 것은 이게 다였다.

'아무쪼록 좋은 곳으로 가셨기를 빌겠소.'

짧은 묵념을 한 후 남천은 발길을 돌렸다.

그때 무언가가 발에 밟혔다.

'응?'

발아래를 내려다보던 남천은 무언가를 발견하고는 손에 올려놓았다.

조그마한 쇠구슬.

여기저기 녹이 슬어 꽤나 오래된 물건처럼 보였다.

오래전부터 이곳에 떨어져 있었는지, 아니면 당자성이 가지고 있던 물건인지 확인할 길은 없었지만 남천은 구슬을 당자성의 묘비 아래에 함께 묻었다.

그가 돌아섰을 즈음에는 어느새 동녘이 밝아오고 있었다.

'잘 있으시오.'

남천은 막 비추기 시작하는 햇살을 뒤로하고 객잔으로 발길을 돌렸다.

남천은 몰랐다.

그는 당자성에게 감사해야만 했다.

그가 목숨을 부지할 수 있었던 건 천뢰금신과 재빠른 대응도 있었지만 당자성의 덕이 컸다.

만학련이 사멸정폭공을 시전했을 때 그가 심어놨던 흑뢰구 중 반은 폭발하지 않았다.

남천이 서 있었던 자리에 묻혀 있던 흑뢰구는 하나도 폭발하지 않은 것이다.

그 이유는 당자성이 펼쳤던 녹섬양진기 때문이었다.

녹섬양진기가 남천이 피하는 바람에 바닥을 때렸고 그 독성은 땅으로 스며들었다.

이어 땅에 묻어진 흑뢰구를 뒤덮은 후 모두 녹여 버렸다.

그 때문에 만학련이 철저한 간격을 계산해 심어놓은 흑뢰구였건만 무용지물이 되어버린 것이다.

결국 폭발한 것은 당자성의 발아래에 있던 흑뢰구뿐.

그의 조부는 남천을 죽이려 했으나 실패했고, 그의 손자는 그를 패배시키고자 했으나 죽음에서 구해냈으니 기이하기 짝이 없는 일이었다.

　　　　*　　　　*　　　　*

　"문주님!"

　세류검문의 초취산은 방에서 책을 보다 다급히 자신을 부르는 소리에 고개를 들었다.

　"무슨 일인가?"

　문을 열고 들어온 사람은 사십대가량 되어 보이는 중년인으로 세류검문의 호영당주를 맡고 있는 주처(周處)였다.

　"왜 그리 호들갑인가?"

　세류검문에서 호영당주는 낮은 직책이 아니었다.

　그런 그가 방정맞게 문밖에서부터 자신을 부르고 들어오니 초취산은 언짢을 수밖에 없었다.

　하나 주처는 초취산의 안색 따윌 겨를이 없는지 그 앞으로 한 장의 서찰을 내밀었다.

　"이런 게 왔습니다."

　초취산은 혀를 차며 서찰을 받아 들었다.

　서찰은 내용은 간단하면서도 명료했다.

　세류검문주는 내가 도착하기 전까지 문파를 해산하시오.

　그렇지 않았을 시엔 내 손에 문파가 사라질 것이오.

　　　　　　　　　　　　　　　　쌍하도문 가백헌.

서찰을 읽은 초취산은 어이없다는 표정으로 주처를 바라봤다.

"이게 뭔가?"

"바로 조금 전 급편으로 전달된 것입니다."

"이걸 보낸 사람이 가백헌인가?"

"가져온 사람이 쌍하도문의 제자인 것은 맞습니다."

"그래?"

초취산은 편지를 탁자에 올려놓고는 턱을 괴었다.

주처는 문주가 어떤 명을 내릴지 한참 동안 기다렸으나 그가 아무런 말이 없자 조심스럽게 물었다.

"어떻게 하시겠습니까?"

초취산은 고개를 슬쩍 들어 그를 물끄러미 바라봤다.

"자넨 어찌했으면 좋겠나?"

"아… 저는……."

주처는 당황스런 표정으로 잠시 머뭇거리다가 이를 악물고는 대답했다.

"일단은 두 명의 당주를 마저 부른 후에 함께 의논을 하는 게 맞을 듯싶습니다."

"음……."

초취산은 자리에서 일어나더니 창 앞에 섰다.

주처는 그의 등이 몹시도 초라하게 느껴졌다.

이윽고 초취산의 명이 떨어졌다.

"모두 모이라 하게!"

"알겠습니다, 문주."

이각 후, 초취산의 방에는 숭검당주 임청현(林蜻蠉)과 숭의당주 엄당(奄棠), 그리고 초취산과 주처가 한자리에 모였다.

"익히 주 당주의 말을 들어 알고 있겠지만, 지금 가백헌이 문파를 해산하라는 통보를 해왔네."

초취산의 말이 떨어지자 임청현이 거칠게 탁자를 치며 소리쳤다.

"당치도 않은 소립니다! 그런 개잡종 같은 놈이 우리 문파를 뭐로 보고 그런 소리를 지껄인답니까?"

"너무 그렇게 흥분만 해서는 안 돼."

엄당이 슬며시 그를 말렸으나 임청현은 고리눈을 뜨고 그를 노려봤다.

"뭐가 안 됩니까? 그럼 참고만 있으란 말이십니까?"

"참고 있으란 말이 아니라 그렇게 화만 낸다고 해서 될 일이 아니란 뜻일세."

"화만 내고 있지 않을 셈입니다. 내 손으로 직접 목을 쳐낼 것입니다."

"허허……."

엄당은 실소를 터뜨렸다.

원래부터 다혈질인 임청현이긴 했지만 쌍하도문주의 삼제자인 가백헌의 목을 저리 쉽게 말하는 데야 웃지 않을 수 없었다.

"몇 명이나 되는가?"

"가백헌와 창해극, 그리고 쌍하도문의 정금단(停擒段) 스물다섯 명입니다. 그들은 이미 그제 윗마을 동릉에 도착했고 지금은 그곳에서 쉬고 있습니다."

"그럼 스물일곱이군."

"겨우 스물일곱이서 우리 세류검문을 치러온다고?"

세류검문의 총 문도 수는 백이 넘었다.

임청현이 놀란 얼굴로 묻자, 주처는 난처한 기색으로 대답했다.

"겨우가 아니고 스물일곱이나라고 해야 맞지요."

"뭐라고?"

다시 임청현의 눈이 잔뜩 치켜올라 갔다.

"자네 무슨 말을 하는 건가? 자네는 우리 세류검문도가 아닌가? 그런 약한 소리를 하다니!"

이에 주처가 참지 못하고 자리에서 일어서며 버럭 소릴 질렀다.

"임 당주! 우리 세류검문이 이곳 청양에서는 많이 세력을 넓혔다지만 솔직히 쌍하도문을 적대하기엔 턱없이 모자란 전력입니다. 창해극이나 가백헌은 뒤로하고라도 정금단의 단원 하나를 상대하려 해도 둘은 달려들어야 할 판이란 말입니다."

"뭐… 뭣!"

정금단은 쌍하도문 내에서도 철저하게 거칠고도 무공이 높은 자들로 이뤄진 집단이었다.

그에 반해 세류검문은 비록 얼마 전부터 무공에 더욱 힘을 쏟는다 노력했으나 아직 미흡한 실정이었다.

쌍하도문과의 그 일이 있고 나서부터 초취산은 자신이 알고 있는 모든 무공, 즉 파산검법과 막영검법, 그리고 세류검법을 모든 문도들에게 개방했다.

심법 역시 원하는 사람은 얼마든지 익힐 수 있게 가르쳤다.

예전에 남유가 사류심법과 세류검문에서 가장 뒤어난 세류검법을 익히기 위해 노력했던 시절에 비하면 장족의 발전을 이룬 것이다.

그러나 수련은 피나게 했지만 결과는 그리 좋지 않았다.

처음부터 초취산의 무공은 절기라 하기에 다소 무리가 있었고, 문도들의 자질도 뛰어나지 않아 세류검법을 제대로 익힌 사람이 셋을 넘지 못했다.

때문에 객관적으로 평가하자면 정금단원 다섯만으로도 세류검문은 큰 위기에 처할 상황이었다.

그럼에도 상황을 직시하지 못한 임청현이 답답한 소리만 하자 주처는 그가 선배임에도 크게 소리친 것이다.

두 사람이 서로의 얼굴을 쏘아본 채 씩씩대고만 있자 초취산이 가느다란 한숨을 내쉬었다.

"두 사람 다 제자리에 앉게."

초취산은 자신의 말에도 두 사람이 아무 반응이 없자 목소리가 조금 커졌다.

"어허! 앉으래도!"

마지못해 두 사람이 좌정하자 초취산은 힘없이 말을 이었다.

"안타깝게도 주 당주의 말은 사실이네."

"문주!"

"내 말을 끝까지 듣게, 임 당주!"

초취산이 그답지 않게 화가 난 목소리로 소리치자 임청현은 급히 입을 다물었다.

"지금은 대책을 의논하려는 자리지, 자네의 투정을 받아주려 모인 게 아니야!"

초취산은 매서운 눈으로 노려보며 한 번 더 그를 질책을 하고는 다시 말을 이었다.

"내가 생각할 때 우리가 선택할 수 있는 길은 두 가지네."

세 사람은 조용히 그의 말을 기다렸다.

주처는 그 잠시 동안 얼마나 긴장했는지 침이 말랐다.

"첫 번째는 편지에 있는 말대로 해산하는 것."

"문……!"

임청현은 뭐라 또 나서려다 횃불처럼 번뜩이는 초취산의 눈빛을 접하고는 다시 조용해졌다.

"그리고 두 번째는 문파의 존망을 걸고 그들을 맞아 싸우는 걸세."

문파의 존망.

이처럼 의미심장한 말이 또 있을까?

"각자의 생각은 어떤가? 둘 중 어느 길이 과연 우리 세류검문에 좋은 길일까?"

사실 어느 길도 좋은 길은 아니었다.

전자는 사십여 년을 이어온 문파가 망나니 같은 놈에 의해 문을 닫게 되는 것이었고, 후자는 많은 사람의 목숨이 끊어지는 것이었다.

그러나 선택의 길은 그 둘밖에 없었다.

세류검문으로써는 도움을 요청하려 해도 마땅한 곳이 없었고, 있다 해도 시간이 부족했다.

하루의 시간밖에 없으니 말이다.

"문주님."

"말해보게, 엄 당주."

그는 잠시 주저하다 조심스럽게 말을 꺼냈다.

"제 생각에는 많은 사람의 목숨이 걸린 일이니 아무래도……."

"음… 자네의 뜻을 잘 알겠네. 임 당주의 생각은?"

"당연히 싸워야지요."

그는 생각할 필요도 없다는 듯 즉각 대답했다.

"주 당주는 어떤가?"

한참을 망설이던 주처는 겨우 입을 열었다.

"제 생각에는 두 가지 방법 중 절충을 해보는 게 좋을 듯싶습니다."

"절충?"

"그렇습니다. 문파에 남아서 싸울 사람과 그렇지 않을 사람을 나누어……."

"그건 안 되네."

초취산이 단호한 음성으로 그의 말을 잘랐다.

"그렇게 되면 한순간의 패기로 인해 싸우자는 쪽에 들 사람이 많게 돼. 그리고 그리 나누게 된다면 해산하자는 쪽을 선택한 사람들은 죽은 사람들의 가족을 어떻게 보겠는가? 용기가 없었다는 죄책감에 평생 짐을 안고 살아갈 뿐이야. 그런 일이 일어나게 할 수는 없네."

맞는 말이었다.

누구는 죽고, 누구는 살고.

살아남은 사람은 용기없는 자이며, 동료를 배신했다는 따가운 시선을 받을 가능성이 농후했다.

"제… 제가 생각이 짧았습니다. 그러면 전 싸우자는 쪽에 들겠습니다."

"음……."

초취산은 세 사람 모두의 의견을 듣고도 오랫동안 말이 없었다.

이윽고 한 식경은 지났을 무렵에야 그의 입이 떨어졌다.

"모두에게 오늘의 이야기를 전해주고 대비하도록 하게."

"싸우는 것입니까?"

"그래."

임창현이 크게 웃으며 자리에서 일어났다.

"크하하하! 드디어 강호인답게 멋지게 한판 어울리겠군요."

그는 사실 세류검문에 몸담고 있으면서도 이렇다 할 싸움 한 번 해보지 못했다.

물론 무공은 타 문도들에 비해 훌륭했으나 과연 그것이 쌍하도문의 제자들에게도 먹힐지는 두고 보아야 할 일이었다.

한편 초취산은 내심 침통한 마음을 가눌 길 없었다.

아버지가 세우신 문파가 자신의 대에서 사라질 판국이었다.

'할 수 없지. 나 하나만이라도…….'

그는 두 손을 만지작거리며 아무도 모르는 모종의 계획을 생각하고 있었다.

*　　　*　　　*

늦은 오후.

남천은 나지막한 구릉 한쪽에 서서 사위를 둘러보며 중얼거렸다.

"천유연무장……."

남천과 남유의 이름을 따서 만든 천유연무장.

남천은 그곳에 서 있었다.

그는 당자성과의 비무가 있던 다음날 남궁세가가 있는 황산으로 출발했다.

며칠이 지나지 않아 태평호에 도착한 남천은 사부를 만났던 때가 생각났다.

그리고 주머니를 열어 위심환을 꺼내 들었다.

아버지와 사부가 형제의 정을 기리기 위해 만들었다는 위심환.

바로 그때였다.

갑자기 부모님에 대한 그리움이 강물처럼 밀려왔다.

무려 사 년, 그동안 소식 한 번 전하지 않았다.

자신을 걱정하고 있을 어머니가 생각났다.

남천은 발길을 돌렸다.

사 년 전엔 나흘이나 걸렸지만 지금의 경공이라면 늦어도 저녁 때면 청양에 도착할 수 있을 것이었다.

그렇게 해서 산을 넘고 넘어 청양으로 돌아왔다.

남천은 주변을 둘러보다 퍼뜩 지금 이러고 있을 때가 아니란 생각이 들었다.

이곳의 추억도 좋지만 지금은 부모님의 얼굴이 더 보고 싶었다.

남천은 어렸을 때 그랬던 것처럼 집을 향해 내달렸다.

이윽고 사립문 앞에 선 남천은 돌처럼 얼어붙었다.

집에서는 세 사람의 기운이 느껴졌다.

아버지와 어머니.

가족은 그 둘뿐이건만 나머지 하나 역시 부모님의 그것처럼 따스한 기운이었다.

'남궁 소저!'

남천은 대번에 그 기운이 누구의 것인지 알아챘다.

그는 부리나케 담을 뛰어넘어 방 앞에 섰다.

그리고 목이 터져라 소리쳤다.

"아버지! 어머니!"

벌컥!

방문이 부서져라 열렸다.

서왕림의 얼굴이 가장 먼저 문밖으로 내밀어졌다.

"천아!"

그녀는 부리나케 뛰쳐나오더니 남천을 덥석 안았다.

"어머니."

"이놈아, 간다는 말도 없이 그렇게 가버리면 이 어미는 어쩌라고…….."

서왕림은 목이 메여 말을 잇지 못했다.

그러면서도 남천을 안고 있는 손엔 더욱 힘을 주었다.

"죄송해요. 죄송해요, 어머니."

남천은 아무런 핑계도 댈 수 없었다.

무슨 말을 할 수 있겠는가? 모두가 사실인 것을.

서왕림은 장성한 아들을 올려다보며 얼굴을 쓰다듬었다.

지치지도 않는지 몇 번이고 그렇게 쓰다듬었다.

"얼마나 고생했을꼬. 밥이나 제때 먹고 다닌 게냐?"

"그럼요, 어머니. 그러니까 이렇게 키도 컸잖아요."

남천은 시원한 미소를 지으며 서왕림의 손을 잡아 가슴에 댔다.

"잘했다, 잘했어."

그녀는 막상 그토록 보고 싶었던 아들을 눈앞에 두자 정작 하고 싶었던 말이 나오지 않았다.

다만 아들의 얼굴이 닳도록 계속해서 바라보고 있을 뿐이었다.

"다녀왔느냐?"

남위량은 두 사람의 해후를 방해하지 않으려는 듯 멀찍이 서 있다 한참 만에야 남천에게 다가오며 물었다.

"아버지."

남천은 이제 남위량의 과거를 모두 알고 있었다.

그래서인지 아버지가 애처로워 보이면서도 자랑스러웠다.

천하를 진동시킬 무공을 가지고 있으면서도 드러내지 않고 살았다.

무인으로서는 힘든 일이었겠으나, 자신의 결정이었기에 지금까지 지켜왔다.

자신이었다면 불가능했으리라.

서왕림에 비해 남위량은 비교적 담담한 모습이었다.

물론 아들을 만났다는 기쁨이 얼마나 크겠냐마는 그는 애써 감췄다.

"그동안 네가 겪은 이야기는 마침 이 처자에게 전해 들었다."

그는 손으로 뒤를 가리켰다.

그곳엔 남궁상연이 눈물을 글썽인 채 서 있었다.

"소저!"

남궁상연은 미동도 않고 남천의 눈만 쳐다보고 있었다.

한참을 그러고 있던 남궁상연은 천천히 걸어 남천의 앞에 섰다.

그리고 손을 들어 그의 우측 가슴에 댔다.

창해극의 도에 꿰뚫렸던 자리다.

"아… 프셨지요?"

남천은 빙긋 웃었다.

"아니요. 하나도 아프지 않았습니다. 그보다는……."

남천은 그녀의 손을 조금 움직여 심장에 갖다댔다.

"여기가 더 아팠습니다. 백배, 만배 더 아팠습니다."

남궁상연의 눈에 고여 있던 눈물이 조용히 흘러내렸다.

"죄송합니다, 소저. 지켜주겠다는 약속을……."

"아니에요. 소협께선 약속을 지켰어요. 이렇게… 다시 오셨잖아요."

그녀는 서왕림 앞이라 살아 돌아와서 기쁘다는 말은 하지 못했다.

그러나 남천은 그녀가 하려던 말을 짐작할 수 있었다.

두 사람은 애틋한 눈으로 서로를 바라보며 움직일 줄 몰랐다.

그렇게 얼마나 시간이 지났을까?

"흠……."

"아!"

어디선가 들려온 짧은 헛기침에 두 사람은 깜짝 놀라 급히 떨어졌다.

남위량이 어색한 표정으로 먼 산을 바라보고 있었다.

"들어가서 이야기하자꾸나."

"네, 아버지."

남위량이 쑥스러운 듯 급히 방 안으로 들어가자 남천은 남궁상연을 보며 빙긋 웃어주고는 그 뒤를 따랐다.

＊　　　＊　　　＊

숭검당 무인들이 묵는 숙소 안.

"우린 내일 어찌 되는 걸까?"

스무 살을 이제 갓 넘겼을까 한 더벅머리청년이 옆에 앉은 키 작은 청년에게 걱정스런 음성으로 물었다.

"모르긴 몰라도 살아남기 힘들지 않을까?"

"……."

"그 두 놈은 살인마라 하더라고. 사람 목숨을 파리 목숨보다 가볍게 여긴다는데 뭐. 게다가 문주님도 상대가 안 되는 고수라잖아."

더벅머리청년은 입문한 지 일 년도 지나지 않은 신출내기였다. 키 작은 청년도 마찬가지.

한창 무에 대한 꿈을 품고 있을 때인데 죽음에 관한 이야기를 나누고 있었다.

두 시진 전, 세류검문주는 모든 문도를 모아놓고 쌍하도문이 치러 온다는 사실을 공표했다.

그리고 세류검문도로서 적에 맞서 당당히 싸울 것을 명했다.

"휴우……."

더벅머리청년은 커다란 한숨을 내뿜었다.

강호란 낭만만이 그득한 곳인 줄 알았는데, 막상 적이 쳐들어온다 하니 무섭고도 걱정됐다.

강호가 이런 것일 줄 알았더라면…….

그와 같은 생각을 품고 있는 사람이 여럿인 듯 청년 외에도 방 안 곳곳에서 한숨 소리가 터져 나오고 있었다.

덜컥.

모여 있던 숭검당 소속 무인들은 들어온 사람을 보고 자리에서 벌떡 일어섰다.

"부당주님!"

가장 먼저 키 작은 청년이 달려갔다.

"내일 정말 그들이 오는 것 맞습니까? 우리가 싸워야 하는 것도 맞고요?"

숭검당 부당주 명모산은 그의 어깨에 손을 짚었다.

"맞다. 문주님께서 그리 결정하셨으니 우린 문도로서 마땅히 명을 따라야만 해."

"그렇지만… 과연 우리가…….."

"자네가 말하고자 하는 것을 알고 있네. 그렇지만 너무 걱정하진 말아. 내가 무슨 수를 써서라도 막아볼 테니."

명모산의 음성은 청년이 듣기에 믿음직스러웠다.

하지만 사실 그 역시도 무공이 뛰어난 축은 아니었다.

워낙 고수들이 없는 문파인지라 부당주를 맡고 있는 것일 뿐, 실력있는 문파였다면 일반 문도로서 살아가고 있을 그였다.

그럼에도 어디서 나온 자신감인지 그의 표정은 그리 어두워 보이지 않았다.

"아!"

청년은 왠지 힘이 나는 기분이었다.

저리 당당한 상관의 모습을 보니 괜히 주눅 들어 있는 자신이 부끄러웠다.

명모산은 그의 어깨를 다시 한 번 두드리고 모두를 돌아보며 큰 소리로 말했다.

"모두 오늘은 푹 쉬고 있게. 나는 잠시 다녀올 데가 있으니 먼저들 잠자리에 들고."

말을 마친 그는 문을 열고 밖으로 사라졌다.

*   *   *

늦은 밤.

천유연무장 한쪽, 편평하게 자리 잡은 바위 위에 남천과 남궁상연은 나란히 앉아 있었다.

원래는 남천이 형과 함께 이야기를 나누던 그 바위였다.

"일이 그렇게 됐군요."

남천은 남궁상연의 어깨를 감싸며 달래듯이 말했다.

그녀는 그간 있었던 일에 대해 남천에게 말해주었다.

개방의 정보로 찾아갔던 세 명 모두 자신들이 찾는 금난영
이 아니었다는 사실.

남천 역시도 어렸을 때 친구인 금난영이 백화선궁 사람이
아니었다는 말을 막 끝마친 터라 둘의 실망감은 이루 말할 수
없이 컸다.

지금까지 바쁘게 뛰어다녔지만 결국 아무런 성과도 얻지
못했다.

남천은 절로 한숨이 나오려 했다.

'관화야.'

남천은 지그시 눈을 감았다.

마음이 약해지려 했다.

아직 시간은 남아 있는데 두 사람 다 너무 지쳐 있었다.

그리고 어디서부터 다시 시작해야 될지 막막하기만 했다.

'백화선궁.'

남천은 이대로 백화선궁으로 돌아가야만 하나 하는 생각
이 들었다.

가서 막무가내로 빼앗아 올까 하는 극단적인 생각도 떠올
랐다.

"무슨 생각 하세요?"

"아… 아무것도 아닙니다."

"미안해요."

남궁상연은 고개를 숙였다.

그가 없는 동안 해놓은 게 아무것도 없는 무능한 자신이 원망스러웠다.

"소저께서 미안해하실 일이 뭐 있습니까?"

남천은 그녀의 어깨에 올린 팔에 더욱 힘을 주었다.

"그리고 너무 걱정하지 마세요. 정 안 되면 힘으로라도 뺏어오면 되지 않겠습니까. 아니면 대가를 치르고 가져오던가."

그녀는 남천을 바라봤다.

그가 하고 있는 말은 예전에 했던 말과는 정반대의 것이었다.

대가를 치르고 태음설하초를 가져오면 백화선궁에 얽매이는 몸이 된다.

그래서 당시 일수만병파가 그런 생각을 가지고 있다 말했을 때 남천은 절대 안 된다고 했다.

그랬는데 지금은…….

그만큼 절박하다는 증거였다.

남천은 자신이 속박받는 일이 있다 하더라도 사관화를 구하려 할 것이다.

그가 힘으로 남의 물건을 강탈해 올 리 없으니 분명했다.

남천은 마음을 굳히고는 그녀를 보고 빙긋 웃었다.

그리고 주위를 둘러보더니 근처에 있는 기다란 나뭇가지를 주워왔다.

"소저, 전 예전에 형하고 이런 놀이를 하고 놀았어요. 한번 보실래요?"

남궁상연은 슬픈 눈으로 남천을 올려다보다 살며시 고개를 끄덕였다.

"이얏!"

남천은 크게 기합성을 발하더니 바위 위에서 폴짝 뛰어 나무에 매달려 있는 솔방울을 후려쳤다.

딱!

신법도 쓰지 않고, 내력도 쓰지 않았음에도 어렸을 때와는 달리 저 멀리까지 솔방울이 날아갔다.

"후후후. 어때요? 멋지죠?"

남천은 어린아이로 돌아간 듯 천진난만하게 웃었다.

"야, 오랜만에 하니까 재미있네. 자, 이것도 봐요."

그때부터 남천은 이곳저곳을 뛰어다니며 솔방울을 떨어뜨리기 시작했다.

신난 아이처럼 남천은 뛰어다니고 있었지만 그 모습을 지켜보는 남궁상연은 그런 그가 무척이나 슬퍼 보였다.

마치 걱정스러운 세상을 잊고 싶어서 형과 함께 무공을 익히고, 친구들과 무사놀이를 하던 그 시절로 돌아가고 싶어 몸부림치는 것처럼 느껴졌다.

'소협……'

第四十七章

위여조로(危如朝露)
—세류검문의 위기

藍天俠傳

俠

　"아버님."

　남위량은 막 잠에 들려는 순간 밖에서 부르는 소리에 눈을 떴다.

　분명 아버님이라 부른 것 같았는데 그 목소리는 남천의 것이 아니었다.

　잘못 들은 게 아니었을까 했지만 자신이 잘못 들었을 리는 없었다.

　"아버님."

　"뉘시오?"

　남위량은 방문을 열고 밖을 내다봤다.

"밤늦게 찾아와서 죄송합니다."

밖에는 고개를 깊이 숙이고 있는 사내가 있었다.

남위량은 그의 모습이 왠지 낯설지 않았으나 정확히 누구인지 기억해 내지 못했다.

"누… 구신지?"

남위량의 말에 사내의 고개가 천천히 들렸다.

그제야 남위량은 그를 알아보고는 밖으로 나왔다.

"아! 그대였구만."

"네, 아버님. 저 명모산입니다."

그는 남유가 죽은 뒤, 처음엔 몇 번 찾아왔으나 그 뒤 삼 년이 지나도록 이곳을 찾지 않았었다.

그런 그가 이런 밤중에 왔으니 남위량은 뜻밖이라는 표정으로 물었다.

"급한 일이 있는가?"

명모산은 남위량의 얼굴을 뚫어지게 바라보다 갑자기 털썩 무릎을 꿇었다.

"도와주십시오."

"이… 이보게."

남위량은 깜짝 놀란 듯 급히 달려가 그를 부축해 일으키려 했다.

그러나 명모산은 바닥에 납작 엎드린 채 일어날 줄을 몰랐다.

"어허, 도대체 무슨 일인데 이러는가? 일단 일어나야 말을 들을 게 아닌가."

"아닙니다. 어르신께서 도와주신다 말씀해 주셔야만 이 명모산은 일어날 수 있습니다."

남위량은 영문을 알 수 없는 그의 행동에 난처한 기색이었다.

아닌 밤중에 홍두깨라고 삼 년 만에 찾아와서 무조건 도와달라고만 하니 답답했다.

그리고 그에게 절박한 사정이 있어 보이긴 했으나 자초지종도 듣지 않고 언약을 할 순 없는 노릇이었다.

남위량은 그의 등을 묵묵히 바라보다 조용히 입을 열었다.

"일단 말해보게. 듣고 나서 생각해 봄세."

명모산의 몸이 한순간 바르르 떨렸다.

"그럼 도와주신다는 뜻으로 알고 말씀드리겠습니다."

"허허."

남위량은 헛웃음을 터뜨렸다.

막무가내도 이런 막무가내가 없었다.

"그래, 무슨 일 때문에 나를 찾아왔는가?"

명모산은 고개를 번쩍 쳐들더니 붉게 충혈된 눈을 하고선 입을 열었다.

"저희 세류검문이 큰 위기에 처해 있습니다. 어르신께서도 아실지 모르겠으나 쌍하도문이라는 강북에서 가장 강성한 문파가 내일 저희를 치러 옵니다. 초 문주께서는 그들과 결전을 치르기로 결정을 내리셨고 그들과의 격돌을 피할 수 없게 됐습니다. 그러나……."

그는 서럽고도 울분이 치미는지 잠시 말을 멈췄다.

그리고 몇 번 숨을 고른 명모산은 진정이 되는지 다시 하던 말을 계속했다.

"그러나 부끄럽게도 저희는 힘이 없습니다. 모두 목숨을 잃을 게 분명합니다. 그러니 저희를 도와주십시오, 어르신."

명모산은 마지막 말과 함께 다시 깊숙이 머리를 숙였다.

남위량은 아무 말이 없었다.

또한 표정은 무심하기 짝이 없었다.

"자네 말이 맞다면 초 문주는 왜 그들과 타협하려 하지 않나?"

"그들은 저희 문파가 강호에서 사라지기를 바라고 있습니다. 문파를 이끄는 수장으로서 어찌 그런 조건을 받아들일 수 있겠습니까?"

명모산의 울음 섞인 말에도 남위량은 여전히 무심한 표정으로 대답했다.

"아니, 당연히 받아들여야만 하네."

"네?"

"아니면 초 문주는 그 정도 각오조차 하지 않고 문파를 이끌었단 말인가? 강호방파의 운명은 힘에 좌우되는 법. 그게 싫었다면 애초에 만들지 말았어야지!"

명모산은 순간 할 말을 잃었다.

그의 논리대로라면 살아남을 문파가 과연 몇이나 되겠는가?

기껏 구파일방과 소수의 문파만이 살아남을 것이다.

"그러나……."

명모산은 이에 항변하려 했으나 곧바로 남위량의 말이 이어져 입을 다물었다.

"그래서! 타협하라 말한 걸세. 싸우기도 싫다, 죽기도 싫다, 그리고 타협하기도 싫다. 그렇게 싫다고만 하면 뭐를 어쩌겠다는 건가? 내 말이 틀렸나?"

"하지만 무인으로서의 자존심이……."

"자존심? 그 알량한 자존심 때문에 다 죽게 생겼잖나. 다시 생각해 보게, 무엇이 더 중한지를!"

남위량은 얼마나 화가 치밀었는지 주먹을 부서져라 쥐었다.

바로 그때,

"아버지?"

남천의 목소리가 들려왔다.

그와 남궁상연은 어리둥절한 표정으로 남위량을 보고 있었다.

"어? 명 아저씨!"

이윽고 명모산을 발견한 남천이 눈을 커다랗게 뜬 채 그에게로 달려갔다.

"도대체 이게 어찌 된 일이에요?"

하나 명모산은 남천의 말을 못 들은 듯 다시 고개를 숙이며 소리쳤다.

"어르신 말씀이 모두 맞습니다! 저희가 잘못했습니다. 그러니 이번 한 번만, 한 번만 도와주십시오, 어르신"

"어허, 아직도 정신을 못 차리고."

"아버지, 왜 명 아저씨가 이러고 있는 거죠?"

남천은 상황이 심상치 않음을 깨달았다.

명모산의 말속에 들어 있는 간절함을 느꼈기 때문이다.

"네가 알 필요 없는 일이다. 그들은 강호의 무서움을 직접 겪어봐야만 해."

'강호의 무서움?'

강호의 무서움이라면 하나밖에 없었다.

바로 죽고 죽이는 것.

강한 자는 살고 약한 자는 죽는 것.

그것이 지금까지 남천이 겪어본 강호의 무서움이었다.

"세류검문이 위험한가요?"

남천은 명모산을 일으켰다.

그 순간 남천은 흠칫했다.

명모산의 몰골은 이미 사람의 것이 아니었다.

얼굴은 잔뜩 주름이 져 있고, 두 눈은 시뻘겠으며, 굵은 눈물에 가득 젖어 있었다.

그리고 앞머리 군데군데는 하얀 백발로 변해 있었다.

그 모습에 놀란 사람은 남천뿐만이 아니었다.

남위량은 설마하니 그가 저런 상태가 되었을 줄은 꿈에도 몰랐다.

얼마나 절박했으면…….

남위량의 미간이 미미하게 찌푸려졌다.

사실 따지고 보면 그는 문파를 살리기 위해 자신을 찾아온 것뿐이었다.

문파를 사랑하는 마음에 모욕을 감내하고 그렇게 자신에게 매달렸던 것이다.

잘못이 있다면 오히려 문파를 제대로 이끌지 못한 초취산에게 있었거늘.

"흠……."

남위량은 착잡한 표정으로 한참 동안 그를 내려다보다 느릿하니 입을 열었다.

"이보게, 내 말을 잘 듣게. 나에게 했던 것처럼 쌍하도문을 찾아가……."

남위량의 입에서 쌍하도문이란 말이 흘러나오는 순간 남천의 눈에서 신광이 번뜩였다.

"응?"

남위량은 그런 남천의 기세를 놓치지 않았다.

"아는 문파냐?"

남천은 고개를 천천히 끄덕였다.

"빚이 있는 문파입니다."

"빚?"

"네. 그들은 저와 우리 가족 모두에게 빚을 졌습니다."

"……?"

남위량은 지금 남천이 무슨 말을 하는지 도통 이해되지 않았다.

쌍하도문이라는 말도 방금 전 처음 들었는데 그들이 도대체 무슨 빚을 졌단 말인가.

"저의 일은 제외하고라도 형의 죽음. 그들이 형을 죽였다 해도 과언이 아닙니다, 아버지!"

이어 남천은 형의 죽음에 대해서 자세히 설명했다.

기보를 탐낸 쌍하도문의 문도들이 세류검문을 끌어들였고 그 와중에 남유가 목숨을 잃게 된 사실들을 말이다.

남위량은 모든 이야기를 듣고 나서 한동안 말이 없었다.

그러나 남천은 아버지의 심정을 이해할 수 있었다.

자신이 처음 남궁무상으로부터 그 이야기를 들었을 때의 기분, 그것과 다르지 않을 것이었다.

한참 만에야 남위량은 입을 열었다.

"너는 어떻게 할 셈이냐?"

"당연히 갚아줘야지요."

그는 아들을 넌지시 응시하다 다시 물었다.

"할 수 있겠느냐?"

"물론입니다. 그들에게는 지지 않습니다."

남천의 음성엔 자신감이 가득했다.

남위량은 그런 남천의 어깨를 가볍게 두드리고 방으로 들어가며 나지막하게 한마디를 남겼다.

"네 뜻대로 하거라."

*　　　　*　　　　*

이른 새벽, 가백헌은 관도를 따라 세류검문으로 향하는 중이었다.

"후후후."

가백헌은 오늘따라 무척이나 기분이 좋았다.

요즘 들어서는 세력을 넓히다 지치셨는지 사부도 잠잠했고, 덕분에 신나는 일도 줄어들었다.

그러나 오늘만큼은 달랐다.

맘껏 피를 맛볼 수 있는 날이었다.

청양 세류검문.

문도 수 백이십으로, 사람 수로만 따지면 결코 작지 않은 문파다.

하나 결정적으로 힘이 없었다. 그래서 대접받지 못했다.

아니, 대접해 줄 필요조차 없었다.

강호에서 살아남기 위해서는 절정고수의 숫자가 중요하지 문도 수가 중요하지 않았다.

자신 혼자서도 충분히 감당해 낼 만한 조잡한 문파.

그럼에도 정금단원 스물다섯 명을 데려왔다. 아니, 그들은 자청해서 따라왔다.

그들도 오랫동안 쉬었으니 심심했으리라.

가백헌은 뒤에서 묵묵히 걷고 있는 창해극을 바라보고는 빙긋 웃었다.

"어때요? 아침 공기가 좋죠? 따라오기 잘했죠?"

창해극은 무표정했다.

그는 남천과의 결전 후, 집에 틀어박힌 채 외출을 하지 않았다.

연륜으로 보나 무공으로 보나 그는 남천보다 한 수 위였다.

그럼에도 한쪽 발목을 잘렸으니……

그렇게 지내던 어느 날 가백헌이 청양으로 가자 했다.

처음엔 거절했다.

그러나 집요하게 물고 늘어지는 가백헌을 당해낼 수 없었다.

결정적으로, 가백헌이 말한 두 가지가 그의 마음을 돌려놨다.

첫째는 기분을 푸는 데에 살인만큼 좋은 게 없다는 것.

무공은 살인을 하기 위한 도구였다.

한동안 무공을 사용하지 못했으니 감각을 잃어버리지 않기 위해서라도 이는 필요했다.

그리고 또 하나, 바로 복수였다.

자신에게 치욕을 안겨준 남천의 고향이 바로 청양이라 했다.

그리고 그곳엔 그의 고향집이 있다고 했다.

가백헌은 남천에게 한 팔이 잘린 뒤로 복수심에 불타 그에 대해 모든 것을 조사했다.

형이 있었으나 이미 죽었고, 부모만 고향집에 남아 있다는 사실을 알아내었다.

자신에게 치욕을 준 자는 본인뿐만 아니라 그와 관계된 모든 사람까지 살려둘 수 없다는 게 그의 생각이었다.

때문에 가백헌은 출발하기 전 정금단원 몇을 보내 그들을 세류검문으로 납치해 오라 지시까지 내린 상태였다.

촌부 둘을 죽이는 것이야 정금단원 한 명만 보내도 충분했겠지만 그는 직접 손을 쓸 셈이었다.

그래야 잘려진 한 팔에 대한 분이 조금이나마 풀릴 것 같았다.

"이제 얼마 남지 않았습니다. 여기만 지나면 번화가가 보이기 시작할 겁니다."

가백헌이 앞쪽을 가리키며 웃었다.

관도라고는 하나 네 사람이 함께 걷기도 힘든 길이었다.

쌍하도문의 대로만 보다 이런 곳에 오자니 여간 힘든 것이 아니었기에 창해극이 짜증이라도 낼까 봐 가백헌은 서둘렀다.

"잠시만 멈추시오."

그때 웬 남자가 나타나 그들의 앞을 가로막았다.

그리 크지 않은 키에 자색 장삼을 입고 있는 오십대의 중년인.

바로 세류검문주 초취산이었다.

"응?"

가백헌은 두 눈을 끔벅이며 그를 멀뚱히 바라봤다.

"나는 초취산이라 하오."

"어라? 당신, 세류검문주 아니야?"

"맞소."

"우릴 마중 나온 거야? 아니면?"

"마중 나온 것 맞소. 또한 부탁이 있어서 왔소."

"우린 부탁을 들어주는 사람들이 아닌데?"

초취산은 그의 비아냥거림에도 담담하니 말을 이었다.

"이대로 돌아가 주시기 바라오. 세류검문은 그대들을 상대할 힘이 없소."

"허… 허……."

가백헌은 어이가 없어 헛웃음이 나왔다.

저게 일파의 종주라는 사람이 할 소린가?

"그래서 어쩌라고. 그냥 가라고? 이렇게 빈손으로 왔다 빈손으로?"

그는 창해극을 보며 히죽 웃었다.

"그냥 가랍니다. 어쩌죠?"

"죽여라."

창해극의 대답은 간단했다.

가백헌은 다시 초취산을 향해 능글거렸다.

"들었지? 죽이래. 죽을래?"

순간 초취산의 눈빛이 깊이 가라앉았다.

"내가 죽으면 돌아가겠소?"

"뭐?"

"내가 목숨을 끊으면 돌아가겠냐고 물었소."

"이 미친놈이 뭐라 그러는 거야!"

가백헌은 참다 못해 버럭 소릴 질렀다.

그러나 초취산의 말은 거침없었다.

"문파의 잘못은 곧 문주의 잘못이오. 그러니 내가 책임을 지는 게 당연하지 않소. 문도들은 당신네 쌍하도문과는 아무 연관이 없소. 사 년 전 서찰을 보낸 것도 나고, 그대들에게 밉보인 사람도 나요."

초취산은 목숨을 버릴 생각이었다.

세류검문도들 모두가 용기없는 자라는 오명을 쓰지 않은 채 살아남으려면 이 방법밖엔 없었다.

그랬기에 밤을 새우며 그들을 기다렸던 것이다.

"뭔 개소리야. 네놈 하나 잡자고 여기까지 왔는 줄 알아?"

가백헌은 펄쩍 뛰었다.

그때 창해극의 그를 지나쳐 초취산에게 걸어가더니 우뚝 섰다.

"그럼 지금 세류검문에는 아무도 없나?"

초취산은 고개를 저었다.

"그들은 당신들을 맞아 싸우는 줄로 알고 있소. 이것은 전적으로 나의 생각이오."

"그래?"

촤아아!

갑자기 피가 하늘로 솟구쳤다.

이어 초취산의 잘려진 팔이 땅에 떨어졌다.

"으음……."

초취산은 이를 악물고 고통을 참아냈다.

"잘… 생각하셨소."

그는 정신이 흐려질 듯한 고통 속에서도 안도의 한숨을 내쉬었다.

자신은 비록 죽겠지만 이로써 문도들의 안위는 보장받을 수 있게 됐다.

그의 입가에 희미한 미소가 떠올랐다.

'이러면 된 것이다. 아버님께는 죄송하지만……'

휘익!

다시 창해극의 도가 허공을 갈랐다.

"큭!"

오른 다리가 무릎 아래에서 잘려 나갔다.

초취산은 중심을 잃고 바닥에 쓰러졌다.

그러나 그의 입가엔 여전히 미소가 걸려 있었다.

각오하고 벌인 일이니 불만은 없었다. 오히려 창해극의 결정이 고마웠다.

"끌고 간다."

"……?"

초취산의 고개가 번쩍 들렸다.

잘못 들었나? 왜 죽이지 않지?

그의 눈동자가 극심하게 흔들렸다.

창해극은 그의 얼굴을 무심히 쳐다보다가 냉막한 음성으로 내뱉었다.

"착각하고 있군. 네 제자들은 한 놈도 빠짐없이 죽을 것이다."

말을 마친 그는 앞장서서 걸어갔다.

초취산은 멍하니 그의 등만을 바라보고 있었다.

'이럴 수는… 이럴 수는……'

이번엔 가백헌이 그를 지나쳐 가며 혀를 찼다.

"멍청한 놈. 넌 사형을 몰라도 너무 몰라."

가백헌마저 앞으로 떠나가자 정금단원 한 명이 그를 짐짝처럼 둘러업고 그 뒤를 따랐다.

'아… 안 돼.'

아혈마저 제압당한 초취산은 그렇게 세류검문으로 끌려갔다.

콰앙!

가백헌은 아무도 지키고 있지 않은 세류검문의 정문을 거칠게 열어젖히며 안으로 들어섰다.

너른 대청 앞 연무장에는 백여 명의 사람이 줄을 지어 서 있었다.

그들 세류검문도들은 시퍼런 검을 빼 들고 있었으나 무섭기보다 애처로운 모습이었다.

"오호! 알아서들 기다리고 있었구만. 일일이 찾는 수고를 덜게 되었으니 좋은 일이야."

이어 그는 뒤를 향해 소리쳤다.

"데려와라."

정금단원이 그 말에 앞으로 나오더니 들고 있던 초취산을 땅바닥에 내동댕이쳤다.

초취산은 팔과 다리가 잘린 상태에서 지혈을 하지 않아 온통 피범벅이었으며 안색은 백지장처럼 창백했다.

"문주님!"

모여 있던 사람들 중 한 명이 초취산을 알아보고는 놀라 소리쳤다.

"엇?"

"문주님!"

초취산은 자신을 부르는 소리를 듣고도 고개를 들지 못했다.

문도들을 볼 면목이 없었다.

이렇게 될 줄 미리 알았더라면 엄당의 말이라도 들을 것을……

후회가 바다처럼 밀려왔지만 이미 손을 쓸 수 없을 만큼 늦어버렸다.

"이노옴!"

하늘을 찢을 듯한 노성이 임청현에게서 터져 나왔다.

그는 무시무시한 눈으로 가백헌을 쳐다보며 호통쳤다.

"네놈, 도대체 무슨 짓을 한 거냐?"

"이거 말이냐?"

가백헌은 쓰러져 있는 초취산의 머리를 잡고 치켜들며 히죽 웃었다.

"네… 네놈이!"

"별건 아니야. 우린 철없는 자를 두고 보지 못하는 성격이라 말이야."

"무슨 개소리냐? 비겁하게 문주님을 암습한 주제에!"

"암습?"

"그렇지 않다면 왜 네놈 손에 문주님이 잡혀 있겠느냐?"

가백헌은 멀뚱멀뚱한 눈으로 두 사람을 번갈아보더니 갑자기 대소를 터뜨렸다.

"크하하하! 이 아저씨 뭐야, 정말 아무도 모르게 혼자 온 거였어?"

그는 눈물까지 흘려대며 한참이나 웃어대다가 임청현에게 비웃음조로 말했다.

"이 아저씨 말야, 우리보고 그냥 돌아가라고 했어. 자기만 죽으면 되지 않냐고 하면서. 크크크, 아무튼 실력은 개뿔도 없는 것들이 들은 건 많아가지고 헛짓거리만 한단 말이야."

"뭐라?"

그는 초취산을 뚫어져라 쳐다보며 소리쳤다.

"저놈 말이 사실이오? 그렇소, 문주? 정말 스스로 찾아갔단 말이오? 말씀을 해보시오!"

하나 초취산은 아무 말도 없었다.

아니, 어쩌면 말할 힘조차 모두 빠져 버렸을지도 몰랐다.

"도대체 왜 그러셨소? 같이 싸우자 하지 않았냔 말이오. 문주가 그러면 우리가 기뻐할 거라 생각하셨소?"

임청현의 붉어진 눈에서 굵은 눈물이 흘러내렸다.

"세류검문이 문주, 당신만의 것인 줄 아시오? 우리 모두의 것이오. 그런데 자기 혼자 죽겠다고 하다니, 그런 무책임한 말이 어디 있냔 말이오!"

"아아, 이제 그만."

가백헌이 손을 휘휘 내저으며 임청현의 말을 잘랐다.

"귀 아파서 도저히 못 듣고 있겠네. 그리고 너 말이야. 너무 그렇게 성내지 않아도 돼. 네 소원대로 해줄 테니까."

그때 그의 귀로 초취산의 가느다란 말소리가 들려왔다.

"뭐라고?"

"……."

"안 들려. 다시 말해봐."

가백헌은 초취산으로 입가로 귀를 바짝 들이댔다.

"저… 저들을 살려… 주시오."

"뭐?"

가백헌의 얼굴이 험악하게 변했다.

"이 미친놈, 아직까지도… 에이, 그냥 죽어라."

그의 손이 번쩍 쳐들렸다.

이제 찰나의 순간이면 초취산의 목숨이 떨어질 판.

"이놈!"

임청현은 급한 마음에 검을 뽑아 들며 신형을 날렸다.

휘익!

그러자 가장 앞쪽에 있던 정금단원 한 명이 마주 허공으로 솟아오르며 임청현을 맞아갔다.

"비켜라!"

임청현은 쩌렁하니 고함을 지르며 검을 휘둘렀다.

그러나 그의 검은 정금단원이 휘두른 도에 맥없이 부러져 나갔다.

퍽!

그리고 이어지는 장력에 그대로 앞가슴을 얻어맞고는 나동그라졌다.

"엇!"

"당주!"

세류검문도들이 놀라 너 나 할 것 없이 소리쳤다.

세류검문 내에서 세 손가락 안에 드는 고수인 임청현이 일개 정금단원 한 명을 이기지 못하고 단 한 수에 나가떨어졌다.

이를 지켜본 세류검문도들은 정신을 차릴 수 없었다.

비록 세류검문이 명문대파에는 미치지 못한다고 하나 당당한 무림방파 중 하나였다.

아니, 그리 믿고 있었다.

그러나 현실은 잔혹했다.

그들은 방금 전까지만 해도 혹시 자신들의 힘으로 쌍하도문을 상대할 수 있지 않을까 하는 생각을 품고 있었다.

쌍하도문이 강하다는 사실은 익히 들어 알고 있었으나 이

쪽의 인원이 무려 네 배나 많았다.

그러니 네 사람이 한 사람만 상대하면 됐고, 충분히 가능할 것만 같았다.

그러나 이젠 깨달았다.

지금까지의 생각이 얼마나 무모한 것이었는지를.

네 배가 아니라 열 배가 많아도 저들을 이기지 못한다.

그만큼 쌍하도문과 세류검문과의 차이는 거대했다.

현실을 깨닫게 되자 살기등등했던 세류검문도들 사이에 기이한 감정이 퍼져 나갔다.

공포.

그것은 죽을지 모른다는 공포였다.

치열하게 격전을 치르고 죽는 것이라면 또 몰랐다. 그러나 그들이 겪게 될 것은 싸움이 아니라 학살이었다.

"으… 으……."

숭검당의 더벅머리청년은 자신도 모르게 몸을 덜덜 떨고 있었다.

아무리 애를 써도 떨림이 멈추지 않았다.

몸이 돌처럼 굳어져 움직일 수도 없었다.

그는 자신의 죽음을 예감했다.

그때 자신의 어깨를 쥐는 팔이 있었다.

"떨지 마라."

명모산이었다.

"부단주님⋯⋯."

그는 울먹이듯 입을 열었다.

"우린 죽지 않는다. 그러니 마음을 굳게 가져."

명모산의 시선을 다른 쪽으로 돌렸다.

더벅머리청년은 그의 시선을 따라 고개를 돌리다 흑삼청년을 발견했다.

그는 오늘 새벽 부단주와 함께 이곳에 왔다.

시간상으로 보아 부단주가 이 근처에서 데려왔음이 분명한데, 숭검당 중 그 누구도 청년을 알아보는 사람이 없었다.

흑삼청년은 기이했다.

말도 하지 않았고, 웃지도 않았다.

오직 그가 한 것이라곤 예전의 부단주였다 죽은 선배의 자리에 앉아 탁자와 의자를 쓰다듬는 것이었다.

그리고 지금은 저렇게 사람들 뒤에 서서 가만히 고개를 숙이고 있었다.

부단주도 그에 대해 일절 말이 없었다.

때문에 궁금증만 더욱 커졌다.

그는 무슨 생각을 하고 있을까?

뭐 하러 이곳에 왔을까?

"어?"

더벅머리청년은 갑자기 섬뜩한 기운이 느껴지자 정면을 향해 고개를 돌렸다.

그의 눈앞으로 스물이 넘는 정금단원들이 덮쳐 오고 있었다.

그 순간, 지금까지 자신이 지켜보고 있었던 흑삼청년의 모습이 흐릿하게 사라졌다.

가백헌은 공포에 떨고 있는 세류문도들을 스윽 둘러보더니 김빠진 표정이 되었다.

'이런 오합지졸이라니.'

그는 흥이 깨져 버렸다.

모처럼 손맛을 느끼고 싶었는데 이건 개나 소를 죽이는 것과 다를 바 없을 듯했다.

"어이."

그는 정금단원들을 돌아봤다.

"반절만 놔두고 죽여."

"존명!"

정금단원 스물다섯이 일제히 신형을 날렸다.

그들은 마치 먹이를 노리는 새처럼 허공에서 덮쳐 가기 시작했다.

정금단원들은 쌍하도문의 문도답게 쌍도를 사용하는 게 원칙이다.

그러나 지금은 하나의 도만을 들고 있었다.

쌍도를 사용할 필요조차 없는 자들.

이런 오합지졸을 상대하는 데 쌍도를 사용하는 것은 수치였다.

쉬쉬쉬쉬!

가장 먼저 도달한 정금단원 다섯 명의 도가 새벽 해를 받아 백광을 번뜩였다.

그리고 겁에 질린 채 어쩔 줄을 몰라 하는 세류검문도들의 목을 향해 떨어져 내렸다.

바로 그 순간,

파악!

중인들의 뒤에서 느닷없이 적광이 뿜어져 나왔다.

"헉!"

정금단원은 헛바람을 들이켰다.

적광은 기묘하게 꿈틀거리며 그들을 덮쳐 갔다.

치치칭. 푸악!

적광에 스친 다섯 개의 도가 기묘한 음향과 함께 부서져 나갔다.

도편들이 허공으로 솟구쳤다.

떨어져 내리던 속도보다 배는 빨랐다.

이어 직선으로 움직이던 적광이 허공에서 미친 듯이 요동쳤다.

촤라라락.

"크아악!"

정금단원들의 사지가 갈가리 찢겨 나갔다.

피가 튀고 뼈가 사방으로 흩날렸다.

"흡!"

그 참혹한 광경에 뒤따라오던 스무 명의 정금단원이 급히 멈추며 허공에서 떨어져 내렸다.

그들의 앞으로는 동료였던 사내들의 주검이 피에 물든 채 펼쳐져 있었다.

정금단주(停擒段主) 염효(琰洧)는 자신의 눈을 믿을 수 없었다.

'이… 이게…….'

허공을 가득 뒤덮었던 적광은 언제 그랬냐는 듯이 거짓말처럼 사라진 후였다.

'도대체 뭐가…….'

그는 방금 전의 무시무시했던 붉은빛을 똑똑히 보지도 못했다.

마치 한순간의 꿈이었던 듯싶었다.

그때 세류검문들의 사이를 뚫고 한 청년이 느릿하게 걸어 나왔다.

긴 머리를 단정히 뒤로 묶고, 기다란 흑삼 장포를 입은 그는 일견 무심한 듯하면서도 정광이 번뜩이는 눈으로 염효를 바라보았다.

'흐으음…….'

염효는 애써 신음이 나오려는 것을 참았다.

청년의 눈과 마주하는 순간, 진기가 흐트러졌다.

이는 흔히 말하는 검기상인(劍氣傷人)이 아니었다.

생각하는 것만으로 상대의 기를 흩뜨리는 경지.

바로 심즉착기(心卽錯氣)의 경지였다.

흑삼청년을 본 가백헌은 두 눈을 부릅떴다.

"네놈!"

"오랜만이오."

"죽지 않았구나."

흑삼청년 남천은 가백헌을 두고도 담담한 모습이었다.

자신의 상대는 가백헌 따위가 아니었다.

그의 뒤에 서 있는 창해극.

그가 바로 자신의 상대였다.

"운도 좋은 놈이군."

가백헌은 씹어뱉듯 말했다.

"당신보다야 더하겠소?"

"뭐라?"

"그렇지 않소? 당신도 살아 있는데 내가 먼저 죽으면 그게 오히려 이상하지."

가백헌은 분노로 몸을 떨었다.

그가 남천에게 패배하고도 살아남은 것을 이르는 말이었다.

"죽여 버리겠다!"

가백헌은 허리에서 도를 뽑으려 했다. 그러나,

"비켜라."

창해극의 말에 흠칫하고 멈추었다.

"사형!"

"비키라 했다."

창해극은 그를 일별하고는 남천 앞으로 걸어갔다.

남천은 슬쩍 그의 다리를 바라보았다.

분명 자신의 손에 발목이 잘려 나갔건만 그의 걸음걸이는 정상과 다름없어 보였다.

'의족인가.'

"고맙군."

남천의 눈에 이채가 서렸다.

"뭐가 말이오?"

"살아 있어줘서."

창해극의 입가가 비틀리며 묘한 미소가 떠올랐다.

"나도 고맙소."

"......?"

"찾아가는 수고를 덜어줘서 말이오."

남천은 등에 메고 있던 짐 속에서 두 자루 도를 꺼냈다.

그리고는 창해극에게 던졌다.

"받으시오."

그의 애병, 백한양도.

남천의 가슴에 쑤셔 박았던 바로 그 백한양도였다.

창해극은 물끄러미 도를 바라보다 양손에 들었다.

그 모습을 지켜보던 남천이 물었다.

"철심도법은 네 개의 도로 펼친다고 하던데, 그 두 개로 되겠소?"

한순간 창해극의 눈꼬리가 꿈틀거렸다.

"네가 상관할 바가 아니다."

그러면서도 그는 허리에 차고 있던 두 개의 도를 내려놓지 않았다.

그 역시 남천이 예전의 그가 아니라는 사실을 직감하고 있었다.

방금 전에 펼쳤던 홀벽쇄혼지는 언뜻 보았지만 이 장을 넘었다.

"오거라."

창해극은 내력을 극성으로 끌어올렸다.

순간 그의 전신에서 맹렬한 기파가 뿜어져 나왔다.

비록 두 개의 도만을 쓸지언정 그는 처음부터 전력을 다할 셈이었다.

후아악!

남천의 두 손에서 백광이 번뜩였다.

새하얀 홀벽쇄혼지가 땅을 쓸며 어지럽히고 있었다.

"사양하지 않겠소."

＊　　　　＊　　　　＊

"당신, 천이를 어디로 보낸 거죠?"

서왕림은 눈을 뜨자마자 남위량에게 캐물었다.

"잠시 외출한 것뿐이오."

"거짓말 마세요! 어제 당신이 한 말을 제가 못 들은 줄 아세요?"

"흐음……."

남위량이 아무 말도 못하자 서왕림은 눈에 쌍심지를 켰다.

"세류검문에 보냈죠? 그곳에 큰일이 난 거죠? 내 말이 틀렸으면 틀렸다고 말을 해봐요!"

"아무 일도 아니라 했잖소."

"어쩌면 그리 말씀하십니까. 천이가 남도 아니고, 우리 자식 아닙니까. 유아도 그러다가……."

"어허!"

남위량은 참다 못해 크게 소리쳤다.

"어찌 그리 애를 믿지 못하고 나를 믿지 못하오!"

"당신을 믿지 않아서가 아니고 천이가 걱정되어 하는 말입니다."

"당신이 걱정할 일이 아니오."

"그래도 걱정이 됩니다. 그러니 당신이 가서 데리고 와요."

"뭐요?"

"세류검문인지에 가서 천이를 데리고 오라고요! 그 아이에게마저 일이 생긴다면 나는… 나는……."

서왕림은 죽은 남유가 생각나는지 울먹였다.

큰애를 그렇게 잃고, 이제 막 돌아온 작은애마저 위험에 처했다 생각하니 가슴이 미어져 왔다.

"여보……."

남위량은 그런 아내를 측은한 눈으로 바라보며 말끝을 흐렸다.

"아셨지요? 데리고 오는 거지요?"

"하지만……."

그는 아내와 눈을 마주하자 남천에게 모든 것을 맡기려 했던 각오가 흔들렸다.

자신은 남천을 믿었다.

그러나 아내를 설득할 순 없었다.

결국 그는 천천히 고개를 끄덕였다.

"알겠소. 내 가서 무사히 데려오겠소. 그러니 걱정하지 마시구려."

"정말이지요?"

"그렇소. 당신은 잠시만 기다리고 있으시오. 내 곧 돌아오리다."

　서왕림은 그제야 진정되는 듯 울음을 멈추고 고개를 끄덕
였다.

　남위량은 자리에서 일어섰다.

　아내의 걱정을 덜기 위해서라도 가야만 했다.

　남천이 있는 세류검문으로.

第四十八章

종결(終結)
一세류검문에서의 혈투

藍天俠傳

侠

화화확!

남천은 양손을 빠르게 휘저었다.

그에 따라 가느다란 백광이 거미줄처럼 빼곡하게 허공을 매웠다.

백천에 이른 홀벽쇄혼지!

너무나 하얀빛이어서 흐릿하게 보일 정도였다.

그러나 그 위력은 군이 확인하지 않아도 뻔한 것.

정금단원 다섯이 순식간에 죽어나가지 않았는가?

창해극은 적광보다 백광을 띠고 있는 지력이 더 강하다는 사실을 확연히 알 수 있었다.

아직 일 장여의 거리가 남아 있음에도 온몸이 저릿저릿했다.

'이대로는 안 되겠군.'

쉭, 철컥철컥.

그는 허리에 차고 있던 나머지 도를 재빨리 끼워 맞췄다.

백광을 보는 순간 내력뿐만이 아니라 철심도법 역시 극성으로 펼쳐야 상대할 수 있음을 직감했기 때문이다.

총 네 개의 도.

그러나 가운데가 연결된 도인지라 마치 두 개의 창처럼 보였다.

"차앗!"

크게 기합을 내지르며 창해극의 신형이 쏘아져 갔다.

그는 홀벽쇄혼지를 맞아 눈에 보이지 않을 정도로 양손을 휘둘렀다.

끼기기긱.

귀를 거슬리는 소리가 연이어 나며 창해극의 도가 지력을 분쇄하기 시작했다.

지력을 비스듬히 밀고 당겨 방향을 뒤바꾼다.

그에 따라 허공을 메우고 있던 홀벽쇄혼지에 조그만 빈틈이 생겨났다.

창해극은 생겨난 빈틈에 도를 쑤셔 박으며 더욱 공간을 넓혀갔다.

그러나 이런 현상은 오래가지 않았다.

그그극!

밀려나던 흘벽쇄혼지가 크게 한번 출렁이더니 그의 도를 압박해 들어왔다.

'이놈!'

이전엔 오성의 힘만으로도 지력을 분쇄해 냈건만 지금은 구성임에도 불구하고 오히려 도가 밀리고 있었다.

'크게 공력이 늘었구나!'

이미 예상을 하곤 있었지만 그런 예상을 뛰어넘는 진전이었다.

일순 창해극의 눈에서 기광이 번뜩였다.

그리고 변화가 일어났다.

츠츠츠츳.

갑자기 맹렬히 움직이던 그의 도가 푸르스름한 빛을 발하기 시작했다.

"이야앗!"

이어 창해극의 우렁찬 기합 소리에 맞춰 빛이 더욱 강해지더니 이내 눈부신 청광이 폭사되었다.

파앗!

네 개의 도신을 한 치 두께로 감싸고 있는 청광.

바로 완전한 도강이었다.

창해극의 도강이 번쩍이는 곳에선 흘벽쇄혼지의 기운이

나풀대기만 할 뿐, 힘을 쓰지 못했다.

'음……'

남천은 철심도법의 새로운 경지를 보며 그의 도에서 시선을 떼지 않았다.

분명 홀벽쇄혼지는 밀리고 있었다.

그럼에도 남천은 당황한 기색이 없었다.

또한 홀벽쇄혼지를 거두지도 않았다.

남천은 연이어 손을 휘젓고 있었고, 창해극의 도는 맹렬한 기세를 싣고 팔방으로 뻗어나가고 있었다.

청광과 백광이 사위를 뒤덮어 중인들의 눈에는 그들의 모습이 제대로 보이지도 않았다.

하나 남천과 창해극은 점점 거리가 가까워지고 있었다.

이 장의 거리가 어느새 일 장으로 좁혀졌고 이어 도를 뻗으면 닿을 정도까지 창해극이 접근했다.

"끝이다!"

파아앗!

창해극의 도가 쳐들린다 싶더니 남천의 정수리를 향해 벼락처럼 떨어져 내렸다.

하늘을 자르고 땅을 베어버릴 듯한 기세!

'안 돼!'

이를 지켜보고 있던 명모산은 얼굴이 핼쑥해졌다.

반쪽이 나는 남천의 모습이 눈앞에 그려지고 있었다.

쉬익!

바로 그 순간 허공에 넘실대고 있던 홀벽쇄혼지의 기운이 거짓말처럼 사라졌다.

그러더니 남천의 양손이 칠흑 같은 묵광에 물들었다.

"차앗!"

남천의 우수가 어느새 도를 맞아가고 있었다.

'미친!'

창해극의 눈빛이 미세하게 떨렸다.

도강은 모든 것을 베어낸다.

그것이 철판이든 금강석이든 상관하지 않았다.

그런 도강을 맨손으로?

그는 속으로 마음껏 비웃었다.

그러나…….

콰앙!

천지를 뒤덮을 듯한 굉음이 터져 나왔다.

부러진 도신이 허공으로 솟구쳤다.

창해극은 놀랄 새도 없었다.

남천의 우수가 쳐올린 기세 그대로 허공을 향해 주먹 쥐어지자, 솟구치던 도신은 그물에라도 걸린 것처럼 삼 장 높이에서 그대로 멈췄다.

이어 남천의 손짓을 따라 부러진 도신이 빛살처럼 떨어져 내렸다.

쐐에에엑!

퍼억!

창해극의 눈이 부릅떠졌다.

"네… 놈!"

그의 좌수는 어느새 잘려 나갔는지 땅바닥에 널브러져 피를 뿌려대고 있었다.

그리고 남천의 좌장은 그의 심장에 닿아 있었다.

"이건 초 문주의 빚이오."

"이……!"

이제 내력을 내쏘기만 한다면 창해극은 죽은 목숨이었다.

그러나 이를 아는지 모르는지 창해극은 하나 남은 팔을 뒤로 젖히더니 남천의 목을 향해 휘둘렀다.

"죽어랏!"

그는 바람인 듯 크게 소리까지 내질렀지만 팔이 잘려 나가는 충격으로 공력의 태반을 상실해 힘이 없었다.

이를 보여주기라도 하듯 눈부시던 청광은 이미 사라진 지 오래였다.

남천은 움직이지 않았다.

그의 눈은 시종 창해극의 눈만을 바라보고 있었다.

도가 목을 베려는 순간에도 마찬가지였다.

채엥!

도가 맥없이 부러져 나갔다.

금강석을 두부 베듯 하던 그의 철심도법이 살아 있는 사람의 목 하나 베어내지 못하고 두 동강이 되어 날아갔다.

천뢰금신!

그의 한백양도는 남천의 천뢰금신을 부수지 못했다.

"이… 놈… 이."

남천은 치미는 분노로 인해 부들부들 떨고 있는 창해극을 보며 느릿한 어조로 입을 열었다.

"그리고 이건 내 몫이오."

남천의 좌수가 다시 묵광으로 물들었다.

그리고 그가 막 손을 쓰려 할 때,

"멈춰!"

찢어질 듯한 가백헌의 목소리가 허공을 갈랐다.

"이년을 죽이고 싶지 않으면 당장 멈춰!"

남천의 고개가 획 하니 돌아갔다.

가백헌 쪽을 본 그의 눈빛이 급격히 흔들렸다.

"어머니?"

가백헌은 시퍼렇게 날이 선 도를 서왕림의 목에 들이대고 있었다.

그녀는 수혈을 제압당했는지 눈을 감고 있었고 비교적 편안한 모습이었다.

그러나 그런 편한 모습이 그녀의 처지를 말해주고 있는 것은 아니었다.

'어머니가 어떻게 여길……'

남천은 궁금증이 치밀었지만, 당황함이 너무 커 아무런 행동도 하지 못했다.

"크크크, 이럴 줄은 몰랐느냐?"

그는 겉으론 비록 웃고 있었지만 내심은 불안하기 짝이 없었다.

남천의 무위는 이미 그의 상상을 훨씬 뛰어넘는 것이어서 승산이 전혀 없었다.

때마침 미리 보낸 정금단원이 남천의 어머니를 잡아왔기에 망정이지 그렇지 않았다면 여기 있는 그 누구도 살아남지 못할 뻔했다.

그렇지만 이것도 불안하기는 마찬가지였다.

이 자리를 무사히 빠져나갈 수 있을지도 확실치 않았으며 칼을 대고는 있다 하나 저 괴물 같은 놈이 무슨 짓을 할지도 몰랐다.

방법은 단 하나, 남천이 죽는 길뿐이었다.

"너, 내 말 잘 들어라."

그는 입술이 타 들어가는지 침을 한번 축이고는 말을 이었다.

"이년이 죽는 꼴을 보기 싫으면 한 치도 몸을 움직이지 말아야 할 것이다."

남천은 그의 말에 어쩔 수 없이 천천히 고개를 끄덕였다.

'됐다!'

남천이 예상외로 반항을 하지 않자 가백헌은 속으로 쾌재를 불렀다.

"사형!"

그는 창해극에게 소리쳤다.

하나 창해극은 분노를 이기지 못해 부들부들 떨고만 있었다.

"사형! 내 말 듣고 있어요? 우린 복수를 해야하지 않습니까!"

그의 말이 도움이 됐던 걸까?

창해극은 떨던 몸을 천천히 진정시키더니 크게 숨을 내쉬었다.

그 모습을 본 가백헌이 기쁜 표정으로 소리쳤다.

"그놈을 죽여 버려요. 그리고 난 후 나머지 놈들을 모조리 해치웁시다."

비겁하기 짝이 없는 행동이었다.

그렇지만 가백헌은 비겁하고 말고의 경황을 따질 때가 아니었고, 창해극 역시 그 사실을 잘 알았다.

"흐으으음……."

창해극은 의미 모를 숨을 다시 한 번 내쉬더니 천천히 도를 치켜들었다.

바로 그때였다.

"이놈들이……."

그의 귓속으로 누군가가 조그맣게 중얼거리는 소리가 들려왔다.

'헛!'

창해극은 온몸에 소름이 돋아났다.

머리카락이 쭈뼛거리고 등골을 타고 식은땀이 흘러내렸다.

'무신!'

그는 방금 전의 목소리가 분명 무신들 중 한 명의 것이라고 확신했다.

가느다란 목소리에 불과했음에도 실려 있는 공력이 사부에 버금갔기 때문이다.

그때 세류검문도들 사이로 낯선 초로인이 모습을 드러냈다.

'……?'

그의 눈에 당황스런 빛이 떠올랐다.

'무신이 아니다?'

자신이 아는 무신들 중 지금의 초로인과는 닮은 이조차 없었다.

사실, 그가 모르는 것은 당연했다.

나타난 사람은 무신이 아니라 남위량이었기 때문이다.

남위량은 서릿발 같은 눈으로 그와 가백헌을 쏘아보며 나직이 입을 열었다.

"지금이라도 손을 떼고 물러나면 모든 것을 용서해 주겠다."

창해극은 온몸이 얼어붙었다.

다른 사람은 모를지 모르나 그는 알 수 있었다.

그에게서 풍겨져 나오는 기운.

자신만을 향해 쏘아져 오는 그 기운은 이미 사부의 경지를 뛰어넘고 있었다.

'어떻게 저런 사람이 이런 곳에…….'

창해극은 몸은 빨리 도망치라 말하고 있었다.

그의 말을 따르는 길만이 최선이라 아우성치고 있었다.

'돌아갈까……?'

창해극은 망설였다.

그런데 가백헌이 찬물을 끼얹었다.

"이 썩어 미친 늙은이가 어디서 주둥이를! 당장 꺼지지 못해?"

창해극의 고개가 획 하니 가백헌을 향했다.

그의 눈은 무시무시하게 번뜩이고 있었다.

'저 멍청한 놈이!'

창해극은 처음으로 가백헌을 죽이고 싶다는 생각이 들었다.

어찌 저놈은 상대를 알아보지도 못한단 말인가.

"으으음……."

그 순간 가백헌의 품에 안겨 있던 서왕림이 신음 소리와 함께 서서히 눈을 떴다.

수혈의 지속 시간이 다 되었던 것이다.

그녀는 일시지간 어리둥절한 표정이었으나 남천의 목의 칼이 닿아 있는 것을 보고는 대경하여 소리쳤다.

"천아!"

가백헌은 그녀가 발버둥치려 하자 뒤에서 꽉 움켜 안으며 깊숙이 목에 칼을 들이댔다.

"죽고 싶지 않으면 조용해라, 이년아."

그리고는 창해극을 향해 닦달했다.

"뭐 해요? 어서 저놈을 죽이지 않고. 그리고 저 미친 늙은 이도 함께 죽여 버려요."

창해극의 얼굴에 순간 고심의 빛이 흘렀다.

맞다. 자신들에게는 인질이 있었다.

노인의 정체는 모르나 보아하니 저 여인의 남편일지도 모른다. 그렇다면…….

그의 말을 확인이라도 시켜주듯 남위량이 애처로운 목소리로 서왕림을 불렀다.

"여… 보."

창해극은 그 말을 듣는 순간 마음을 결정했다.

인질이 있는 한 저 둘은 자신에게 손을 쓰지 못한다.

하면 겁먹을 필요도 없었다.

창해극은 남천과 남위량을 번갈아 바라봤다.

"이렇게 되어 유감이지만 그만 죽어줘야겠다."

"이놈들아! 누굴 죽인다는 거냐?"

서왕림의 우는 목소리가 허공을 찢었다.

"어머니……."

"여보."

남천은 이러지도 저러지도 못하고 어머니의 모습만을 쳐다보고 있었다.

자신의 무공이 높다고는 하지만 이 둘을 일시에 목을 쳐내기엔 모자랐다.

"천아, 안 된다. 나 때문에 그러느냐? 나는 괜찮으니 어서 도망치거라!"

서왕림은 목이 찢어져라 소리쳤다.

"어서 도망치라니까 뭐 하고 있는 게냐!"

서왕림은 어디서 힘이 솟아나는지 가백헌이 잡고 있음에도 온몸을 꿈틀거렸다.

"이놈! 차라리 나를 죽여라. 나를 먼저 죽여!"

가백헌은 슬슬 짜증이 밀려왔다.

생각 같아서는 당장이라도 목을 그어버리고 싶었다.

그러나 그리되면 자신도 죽은 목숨이었다.

"이년이 좀 조용히 하라니까."

"그래, 이놈아. 조용히 할 테니까. 죽여라, 어서!"

결국 참지 못한 가백헌은 버럭 소리치며 손을 치켜들었다.

"에라, 이년아!"

"안 돼!"

남위량은 무엇 때문인지 안색이 대변하여 소리쳤다.

그러나 가백헌의 손은 정확히 서왕림의 뇌호혈(腦戶穴)을 강타했다.

퍽!

"이제 좀 조용해졌네. 나이도 많이 처먹은 년이 뭐 이리 힘이 좋은지."

고개를 숙인 채 정신을 잃은 서왕림을 남위량은 뚫어져라 바라보고 있었다.

그의 양어깨가 심하게 흔들렸다.

분노인지 걱정인지 모를 기이한 표정이 그의 얼굴엔 떠올라 있었다.

'여… 보……'

남위량은 눈을 질끈 감았다.

"크하하하! 저 노친네도 죽을 생각을 굳혔습니다. 사형, 어서 손을 쓰세요."

창해극은 고개를 끄덕였다. 그리고는 잠시 늦췄던 도를 고쳐 잡았다.

이젠 그의 얼굴에도 지친 기색이 역력했다.

세류검문 하나 치는 게 이렇게 힘들 줄이야…….

반면 가백헌은 신이 났다.

"크하하! 역시 우리 쌍하도문은 천하무적입니다. 그렇지 않습니까, 사……."

그러다 무엇 때문인지 갑자기 묘한 표정을 지었다.

'어?'

칼을 쥐고 있는 손의 느낌이 야릇했다.

칼날에 느껴지던 감촉이 이전과 달랐다.

그리고 서왕림의 등에 닿아 있던 앞가슴이 서늘해져 왔다.

"뭐지?"

그가 영문을 몰라 눈만을 꿈뻑거리고 있을 때, 서왕림의 등에서 하얀 안개와도 같은 기운이 새어 나왔다.

그리고 허리와 목을 지나며 점차 그녀의 전신을 뒤덮어갔다.

"……!"

가백헌은 자신도 모르게 눈을 크게 뜨며 한 발 물러섰다.

하얀 안개의 정체가 무엇인진 몰랐다.

그러나 예사롭지 않아 보였다.

"이게……."

그는 칼을 천천히 내밀어 그녀의 전신을 덮어가고 있는 안개에 갖다 댔다.

그 순간,

치이잉!

"끄아악!"

가백헌의 입에서 처절한 비명 소리가 터져 나왔다.

그 소리에 놀라 창해극은 번개처럼 고개를 돌렸다.

그리고 볼 수 있었다.

도와 함께 가백헌의 손이 하얗게 변해가고 있는 모습을.

"백헌!"

그는 대경하여 소리쳤다.

그러나 오 장이나 멀리 떨어져 있는 그가 할 수 있는 일은 아무것도 없었다.

가백헌은 팔을 휘저으며 연신 뒷걸음질쳤다.

그리고 고개를 미친 사람처럼 마구 저어댔다.

"으으으……."

살이 타는 것인지 아니면 어는 것인지도 모를 극심한 고통이 팔을 타고 전신을 강타했다.

정신이 흐려지고 눈이 흐려지고 내력이 뒤틀렸다.

갑자기 가백헌이 붉게 충혈된 눈으로 정금단원을 돌아보며 고래고래 소리쳤다.

"저년을 죽여!"

"네?"

"빨리 죽이란 말이다!"

"존명!"

질문은 한 번으로 족했다.

명하면 따를 뿐.

정금단원 스무 명이 일제히 도를 빼 들며 허공으로 솟구쳤다.

그 순간,

화아아아!

서왕림의 고개가 번쩍 들리더니 가백헌을 향해 돌아섰다.

"감히 누굴 죽이겠다고?"

'헉!'

서왕림의 얼굴을 바라본 가백헌은 안색이 파래졌다.

그녀에게는 눈이 없었다.

아니, 뭔가는 있었다.

물방울처럼 투명하고도 바다처럼 깊은 무엇.

사람의 눈이라고는 도저히 볼 수 없는 그 무언가가 눈 대신 자리하고 있었다.

게다가 백발이 성성했던 머리카락이 어느새 흑발로 변해 있었고, 얼굴 또한 십여 년은 젊어 보였다.

'악마!'

그가 생각할 수 있는 것은 그게 다였다.

"차아아압!"

높이 치솟았던 정금단원들이 떨어져 내리며 쌍도를 휘저었다.

파파파팟!

사십 개의 도가 허공에서 번쩍였다.

도림이라 해도 과언이 아닐 정도의 서슬 퍼런 모습.

개개인의 무공이 절정에 달한 이십 인의 합격은 보는 사람의 간담을 서늘하게 하기에 충분했다.

그러나 이는 어디까지나 중인들이 보았을 때의 것이었다.

"버러지 같은 것들이."

서왕림이 입에서 남천조차 처음 듣는 격한 말이 튀어나왔다.

그리고 그녀의 양손이 허공을 휘저었다.

쉬아아앙!

난데없이 광풍이 연무장에 몰아쳤다.

'으윽!'

서왕림을 덮쳐 가던 정금단주 염효의 입에서 핏물이 튀어나왔다.

정체를 알 수 없는 광풍이 도도하게 이어지던 그의 진기를 진탕시켰다. 그뿐 아니라 팔과 다리를 제멋대로 조종했다.

'안 돼!'

그의 도가 옆에 있는 동료의 목을 쳐갔다.

스윽, 촤아악!

목이 떨어져 나가고 피가 뿜어져 나왔다. 이어 목을 잃은 정금단원의 도가 움직이더니 또 다른 동료의 목을 쳐냈다.

퍼퍼퍽, 우득.

그렇게 끊이지 않고 서로가 서로의 목을 쳐내기 시작했고, 그들이 땅에 떨어졌을 때는 오직 염효만이 살아 있었다.

태태태탱.

그리고 그 뒤를 이어 주인을 잃은 서른여덟 개의 도가 힘없이 땅바닥에 처박혔다.

염효는 초점을 잃은 눈으로 서왕림을 쳐다본 채 멍하니 서 있다 무릎을 꿇었다.

그리고 곧 정신을 잃었다.

서왕림의 시선이 다시 가백헌을 향했다.

"다시 한 번 말해봐라. 누구를 죽이겠다고?"

"으… 으……."

가백헌의 턱이 떨리며 딱딱 소리를 냈다.

손과 다리가 사시나무처럼 후들거리고 있었다.

"병신 같은 놈."

서왕림은 한심하다는 듯이 중얼거리고는 신형을 돌렸다.

그 순간, 땅에 떨어져 있던 사십 개의 도가 일제히 가백헌을 향해 쏘아져 갔다.

"크아아악!"

이어 가백헌의 처참한 비명 소리가 연무장을 가득 메우더니, 이내 조용해졌다.

창해극은 서왕림의 몸에 가려 볼 수 없었지만 어떤 일이 벌어졌을지 충분히 상상할 수 있었다.

'백헌······.'

"네놈이 말할 테냐?"

서왕림은 무표정하니 물었다.

창해극은 그녀를 쏘아보며 이를 꽉 다물었다.

이젠 살아날 길이 없어졌다.

남천만 해도 상대할 수 없거늘, 무신과도 같은 그의 아버지, 그리고 이 여자······.

그는 어이없게도 헛웃음이 나오려 했다.

'중원천하에 이런 가족도 있었나? 이런 줄도 모르고 육대세가 놈들은 자신들이 천하제일이라고 떠들어대고 있으니, 우스운 꼴이군.'

창해극은 서왕림을 보며 고개를 천천히 끄덕였다.

"나는 이놈을 죽일 것이오."

잠시 동안이나마 삶을 탐했던 게 추했을까?

그의 얼굴에는 결연한 의지가 서려 있었다.

"그래? 그럼 어디 한번 해봐라."

서왕림의 비웃는 듯한 말에 창해극의 미간이 꿈틀거렸다.

"하라면 못할 줄 아시오!"

그는 크게 소리치더니 남천을 향해 도를 휘둘렀다.

그러나 그의 도는 채 반도 뻗어나가기 전에 허공에서 덜컥 멈췄다.

"큭!"

아무리 힘을 써도 팔이 움직이지 않았다.

'이렇게!'

그의 머릿속에 허공에서 난자되어 죽어가던 금정단원의 모습이 떠올랐다.

이어 신형이 허공으로 한 자쯤 떠오르더니 오 장의 거리를 격하고 서왕림의 장심을 향해 번개처럼 빨려 들어갔다.

쉬아악!

"컥!"

그의 목줄기를 움켜쥔 서왕림은 귓가에 대고 조용히 속삭였다.

"왜? 못하겠느냐?"

"커어어어……."

"말도 못하는 놈이 사람을 죽이겠다고? 응?"

그의 목이 서서히 하얗게 변하기 시작했다.

이어 그의 가슴과 다리가 변하더니 마지막으로 한쪽 귀만을 남겨놓고 온통 눈을 뒤집어쓴 듯한 모습이 되었다.

"네놈 저승길 선물로 알려주마. 이것이 바로 백화선궁의 태화무신공이다."

그녀의 말이 끝나는 순간, 그의 귀까지 하얗게 변했고 이내 먼지로 화해 허공에 흩날렸다.

중인들은 이 놀라운 광경에 딱딱하게 얼어붙었다.

그 누구도 소리 내지 못했고, 그 누구도 움직이지 못했다.

서왕림은 땅에 쓰러진 초취산을 지그시 바라봤다.

그는 아직도 지혈을 하지 못해 피를 흘리고 있었다.

그녀의 손이 초취산의 몸 위를 가볍게 휘저었다.

"홉!"

세류검문도 중의 누군가가 놀란 숨을 급히 들이켰다.

그녀가 손을 움직이면 어떤 결과가 나타나는지 똑똑히 보았기 때문이다.

그러나 그들의 예상은 빗나갔다.

초취산의 상처 부위가 하얗게 변하더니 점점 아물어갔다.

"고… 고맙소이다."

그는 가까스로 고마움을 표했다.

"별말씀을."

서왕림은 그에게 가볍게 웃어주고는 남위량을 향했다.

그녀는 무슨 일인지 조금은 슬픈 표정으로 남위량을 응시하더니 느릿하게 입을 열었다.

"여보… 그동안 고생이 많았죠?"

남위량의 눈가가 서서히 젖어갔다.

"아니오. 그렇지 않소."

"여전히 거짓말을 잘 하시는군요, 당신은."

"결국 기억을 찾았구려."

그녀는 빙긋 미소 지었다.

"어쩌다 보니 그렇게 됐네요. 당신과 나는 영원히 원하지 않았던 일이지만."

"괜찮은 게요?"

"네. 모든 게 당신의 잠혼대법(潛魂大法)이 훌륭했기 때문이죠."

남천은 두 사람의 말을 전혀 이해할 수 없었다.

그렇지만…….

"어… 어머니?"

"천아."

남천은 그녀의 눈을 뚫어져라 바라보고 있었다.

보석처럼 투명한 서왕림의 눈.

그것이 뜻하는 것은 단 하나였다.

백화선궁의 후예.

그녀의 눈은 백화선궁의 무공이 극성에 이르렀을 때에만 나타난다는 환영안이었기 때문이다.

"어… 어머니께서……?"

남천은 차마 말을 잊지 못했다.

"내가 어쨌다는 게냐?"

그녀는 아들을 다그치면서도 얼굴은 웃고 있었다.

"아니, 그보다 어머니의 이름이 혹시……?"

"내 이름 말이냐? 정말 몰라서 묻는 게냐? 당연히 너도 알고 있잖느냐."

서왕림은 아들이 왜 저리 벌벌 떠는지 알 수 없었다.

"물론 알고 있습니다. 하지만 그것이 본명이십니까?"

"본명?"

그녀는 잠시 흠칫하는 표정이더니 예의 미소를 지으며 고개를 끄덕였다.

"아! 그것이 궁금했던 게로구나."

이어 허리를 곧게 펴고는 한 자 한 자 힘을 주어 말했다.

"이 어머니의 이름은 바로 금난영이다. 난초의 잎이란 뜻이지. 어떠냐? 예쁘지 않느냐?"

금난영은 그녀의 이름처럼 아름답게 웃고 있었다.

*　　　*　　　*

누군가의 말처럼 세월이란 바쁜 사람들에겐 정말 빨리 흘러가는 것일까?

세류검문에서의 일이 있고 나서 벌써 일 년이 지나갔다.

그동안 남천은 몸이 열 개라도 부족할 정도로 바쁘게 지냈다.

그가 가장 먼저 한 일은 당연하게도 어머니를 모시고 백화선궁을 찾은 것이었다.

남천도 나중에야 안 것이지만, 금난영은 지금의 남위량인 사위무를 만나는 도중 실수로 사람을 죽였다.

그것도 다섯 살이 채 못 된 어린 여자 아이를.

그녀는 자신을 용서하지 못했다.

때문에 죽을 듯이 고통스러워했다.

이를 보다 못한 사위무는 하나의 방법을 생각해 냈고, 그것이 바로 기억을 잠재우는 잠혼대법이었다.

잠혼대법을 펼친 후 그녀는 모든 기억을 잃어버렸다.

그러나 단 한 가지만은 기억하고 있었는데, 그것이 바로 청양이라는 지명이었다. 사위무는 자신의 이름도 바꾸고 그녀와 함께 청양에서 새로운 삶을 시작했던 것이다.

또한 남천의 소꿉친구 금난영.

그녀의 이름은 남위량이 지어주었다.

청양에 온 지 오래지 않아 친구로 사귀게 된 그녀의 아버지 금학선의 부탁으로 지어준 이름이 처의 본명인 금난영이었다.

이를 보아 남위량 역시 예전의 금난영이란 이름을 그리워했음에 틀림없다.

백화선궁의 후대궁주는 서왕림에게 궁주의 자리를 권했다.

하나 그녀는 동생의 청을 정중히 거절했다.

지금까지 삼십여 년을 중원에서 살았으니 나머지 생도 그곳에서 보내리라는 뜻이었다.

이후 백화선궁에서 구해온 태음설하초는 사관화의 병을 고치는 데 사용됐다.

사관화에게 병이 있었는지조차 몰랐던 남궁운비는 뒤늦게야 그 사실을 알고 한동안 남천을 원망했다.

왜 자신도 데려가 주지 않았냐고 말이다.

하나 그런 투정은 오래가지 않았다.

그녀의 곁에서 지켜줄 사람도 필요했다는 남천의 말을 듣고 나서는 헤벌쭉 웃으며 언제 화냈냐는 듯이 입에 침이 마르도록 그를 칭찬을 했다.

그때쯤 해서 일수만병파로부터 인편이 왔다.

포달랍궁에서의 반란을 현 법왕과 함께 잠재웠다는 내용이었다.

법왕의 제자였던 나철파(羅鐵芭)는 사천당문 및 쌍하도문과 손을 잡고 중원 진출을 꾀했지만 언제부터인가 중간에서 계교 역할을 하던 당예문이 사라져 버려 모든 원조가 끊어졌고 이후 반란은 실패로 돌아갔다.

남천은 당예문이 사라진 원인을 알고 있었지만 아무에게도 밝히지 않았다.

그러는 편이 지금처럼 평화로운 중원을 유지하는 데 있어 도움이 되리라 생각했다.

일수만병파는 마지막으로 잠시 더 서장에 머물다 돌아온다고 전했다.

법왕에게 붙들렸기 때문이라는데 어느새 친구가 되어버린 것이었을까? 아무도 모를 일이었다.

경사도 있었다.

남천과 남궁상연, 사관화와 남궁운비는 같은 날 남궁세가에서 혼인을 올렸다.

하객으로 수없이 많은 사람들이 몰린 것으로 보아 패검무자의 명성이 그만큼 대단하다는 것을 알 수 있었다.

게다가 화주린의 등장은 모든 이들을 경악시키기에 충분했다.

십 년 가까이 사라졌던 무신이 모습을 드러냈으니 말이다.

또한 강서백과 악중일, 그리고 그의 단짝과도 같은 곽염이 있었다. 특히 강서백과 악중일은 어찌나 마음이 잘 맞는지 혼인이 끝난 후 사흘이 지나도록 술을 퍼마셔댔고, 그 때문에 곽염의 고생이 말이 아니었다.

미친 고래 놈들이라고 세가가 떠나가라 소리쳐 대기까지 했으니…….

그렇게 시간은 빠르게 흘러갔다.

"다녀오겠습니다."

이른 새벽, 남천은 허리에 목검을 차고 사립문에서 어머니에게 인사를 드리고 있었다.

또한 금난영의 옆에는 여기저기 삐쳤던 머리를 단정하게 기른 남궁상연이 살며시 웃으며 서 있었다.

"오냐, 오냐. 다녀오너라. 문제는 일으키지 말고."

"어머니도. 제가 무슨……."

"아니다, 됐다. 이거나 가지고 가거라."

금난영은 자그마한 보따리를 내밀었다.

"이게 뭡니까?"

"가는 길에 목마르면 먹으라고 옆집 정가네에서 얻어온 백도다. 나중에 확인할 테니 반드시 다 먹고 와야 한다. 알겠지?"

"네……."

금난영이 자애로운 미소를 짓고 있었지만 남천에게는 무섭게만 보였다.

"그럼 어서 가보거라. 늦을라."

남천은 어머니에게 다시 고개를 숙이고는 이젠 아내가 된 남궁상연을 바라봤다.

"그럼, 다녀오겠소."

"조심해서 다녀오세요. 기다리고 있을게요."

과거의 그녀인가 싶을 정도로 다소곳한 모습.

묵청치화였을 때도 아름다웠지만, 지금의 모습 역시 그에 못지않았다.

남천은 그녀에게 빙긋 웃어주고는 관도를 향해 발걸음을 옮겼다.

오늘은 세류검문에서 새로운 문도를 뽑는 날.

"형, 지켜봐 줘."

남천은 하늘을 올려다보며 자그맣게 읊조렸다.

구름 한 점 없는 하늘은 십여 년 전 남유가 세류검문도가 되기 위해 집을 나서던 그날처럼 눈부시게 청명했다.

『남천협전』 終

적포용왕

김운영
新무협 판타지 소설

『신마대전』『흑사자』의 작가 김운영.
그가 낚아 올리는 무협의 절정!
낚시 신동 백룡아! 장강에서 천존과 맞짱 뜨다!

적포천존(赤布天尊)
고금제일강(古今第一强)
인칭타자연재해(人稱他自然災害)
40세 이후로 상대가 누구든 몇 명이든
한 번도 패하지 않고 모두 이긴 적포천존
70세 중반에 반로환동하여 무림인들을
절망에 빠뜨린 그가 말년에
제자를 만들어 말년에 호강할 계획을 세운다?

천하에 두려울 것이 없는 '자연재해' 와
그의 제자들이 무림에 나타났다!

세상을 보는 또 하나의 창 · inthebook.net
유행이 아닌 자유추구 · chungeoram.net
Book Publishing CHUNGEORAM

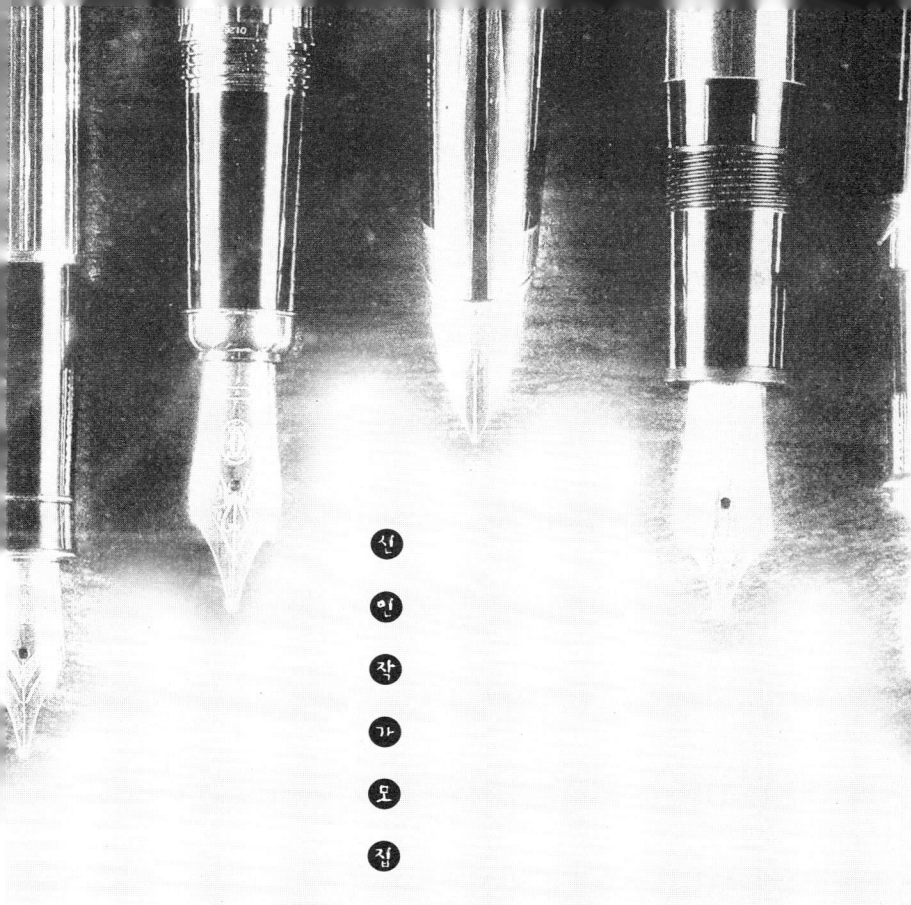

신

인

작

가

모

집

시작이 반이라고 했습니다.
작가의 길에 대한 보이지 않는 벽을 과감히 깨뜨리십시오!
청어람은 작가 지망생 여러분들의
멋진 방향타가 되어드리겠습니다.

저희 도서출판 청어람에서는
소설 신인 작가분들을 모집합니다.
판타지와 무협을 사랑하시는 분들의 많은 참여를 바랍니다.
소정의 원고(A4용지 150매)를 메일이나 우편으로 보내주시면
검토 후 출판 여부를 알려드리겠습니다.

주소:경기도 부천시 원미구 심곡1동 350-1 남성B/D 3F 우편번호420-011
TEL:032-656-4452 · **FAX**:032-656-4453
http://**www.chungeoram.com**
e-mail:chungeoram@chungeoram.com

저작권 보호!!
장르문학의 성장에 힘이 되어주십시오.

저작물의 무단 전재와 복제, 불법 다운로드!
이것은 관심이 아니라 무관심입니다!

작가님들은 창의적 열정과 시간을 투자해 자신의 꿈과 생계를 유지합니다.
한 권의 책을 만들어 많은 사람들은 자신의 인생과 미래를 설계합니다.

저작물 속에는 여러 사람의 노력과 희망이
담겨 있습니다!

저작물의 무단 전재와 복제, 불법 다운로드는 여러 사람들의 꿈과 생계를
위협함으로써 장르문학을 심각한 상황에 빠뜨리고 있습니다.

이제는 무관심이 아니라 관심으로 장르문학의
성장에 힘이 되어주세요.

[도서출판 **청어람**은 항시적인 저작권 보호를 통해 장르문학과
여러분의 희망을 지키겠습니다.]

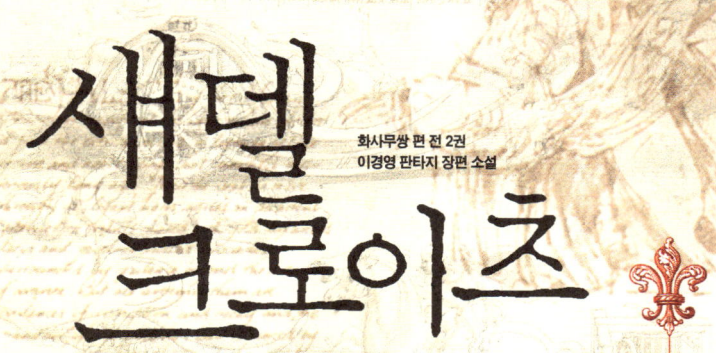

새델
크로이츠

화사무쌍 편 전 2권
이경영 판타지 장편 소설

『가즈나이트』의 명성과 신화를 넘어설
이경영의 판타지의 새로운 상상력!

자신만의 독특한 세계관을 창조한 작가
이경영의 새로운 도전과 신선한 충격.

바란투로스의 특수부대 새델 크로이츠의 리더 파렌 콘스탄.
야만족을 돕는 안개술사를 물리치기 위해 아시엔 대륙에서 온
불을 뿜는 요괴 소녀 카샤.
너무나 다른 두 사람이 운명의 길에서 만나다.
친구란 이름으로 시작된 모험, 그 앞에 놓인 난관과 운명의 끈은
어떻게 될 것인지……

"질투가 날 만도 하지.
요괴가 산신령을 엄마로 두는 건 흔한 일이 아니거든.
괜찮다, 파렌. 본좌가 아는 요괴들 전부 본좌를 질투하고 부러워하니까."
소녀는 손에 잔뜩 받은 빗물을 흘짝 마셨다.
파렌은 그 순수함에 웃음을 흘렸다.
그는 지금까지 자신이 봤던 그녀의 기이한 행동들을 어렴풋이나마 이해할 수 있을 것 같았다.
그렇게 친구가 된 둘은 그 길로 긴 여행을 떠나게 된다.

본문 중에-

세상을 보는 또 하나의 창 · inthebook.net
유행이 아닌 자유추구 · chungeoram.net

Book Publishing CHUNGEORAM

학교에서는 가르쳐주지 않는

10대들을 위한 인생수업

작가 : 이빙 | 역자 : 김락준

10대들을 위한 나침반 같은 인생 교과서!
사회 초입에 들어서게 될 청소년들에게 들려주는
100가지 인생 이야기

내 인생의 방향잡기!
여행길에 오르기 전에 접해보자!

100가지 이야기, 100가지 명언

사람은 태어나면서부터 각기 다른 모습으로, 각기 다른 사고로 "인생" 이라는
여행길에 오르게 된다. 내가 지금 서 있는 이 위치에서 그리고 사회라는 공간에서
한 사람의 몫을 당당하게 해낼 수 있는 역량을 키워나가기 위해서는 어떠한 생각을
가지고 있어야 하는 걸까.

늦지 않게 준비하자! 스스로의 마음가짐이 자신의 미래를 결정한다!

설레는 마음으로 떠난 길일지라도 기존에 생각하고 있던 것과는 다르게 흘러가는
사회의 모습에 당혹스럽기도 할 것이다.
그러한 곳에 발을 들여놓기 위해 첫 발걸음을 막 뗀 청소년이라면 학교에서는
미처 배우지 못한 상황에 더욱이 큰 혼란스러움을 느낄 수밖에 없다.
시간이 흐를수록 사회가 한 인간에게 요구하는 것은 다양하고 세밀해지고 있다.
그러한 사회 속에서 자신만이 앞으로 나아가지 못해 제자리걸음을 하게 된다면 어떠할까.
미리 대비를 하지 않는다면 당신 역시 그러한 현상에 빠지는 또 한 명의 사람이 되고 말 것이다.

책장을 넘기는 순간, 책과 당신의 공감대가 형성된다!

적응을 위해 도움이 될 만한
인생의 지혜와 경험, 깨달음이 한가득 담겨있다.
그 속에 담긴 100가지 이야기 그리고 그와 관련된 100가지의 명언은
가슴 깊이 새겨 놓고 되뇌어 보기에 충분하다.

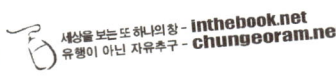

세상을 보는 또 하나의 창 - inthebook.net
유행이 아닌 자유추구 - chungeoram.net

Book Publishing CHUNGEORAM

공부하는 감각의 차이가 자녀의 미래를 결정한다.
이 시대가 필요로 하는 명품 인재 만들기!

Luxury Study habit

올바른 습관이 명품 자녀를 만든다

명품
공부습관
87가지

저자 : 친위
역자 : 오혜령

 ## 똑소리 나는 부모의 똑소리 나는 자녀 교육법!

어린 시절의 습관은 평생을 결정한다.
제대로 바로잡지 못한 나쁜 습관은 자녀의 미래에 검은 그림자를 드리울 수도 있다.
대부분의 부모들은 아이의 잘못된 습관을 발견하면 언성을 높이는 경향이 있다.
하지만 그것이 문제 해결의 방법이 아님을 당신은 이미 알고 있을 것이다.
지금 당신은 적절한 대안을 찾지 못해 힘겨워 하고 있지는 않은가.
내 아이가 명품 인생으로 살아가길 희망하는 부모라면 이 책에 귀를 기울여 보자.

 ## 내 아이가 세상의 중심에 우뚝 설 수 있게 하는 방법!

이 책은 잘못된 공부습관과 대인관계 형성 등의 문제 등을
87가지 이야기를 통해 알아보고 그에 걸맞는 올바른 해결책을 제시해주고 있다.
이 한 권의 책을 통해 똑소리 나는 부모가 되어보자.
그리고 내 아이가 최고의 명품으로 거듭날 수 있도록 노력해보자.
이 책은 분명 당신에게 꼭 맞는 효과적인 자녀교육서가 될 것이다.

세상을 보는 또 하나의 창 - inthebook.net
유행이 아닌 자유추구 - chungeoram.net

Book Publishing CHUNGEORAM

Rhapsody Of Cardinal

카디날 랩소디

송현우 판타지 장편 소설

놀라운 경험(the enormous experience)!

He created a completely new world.
It is a place who have never known and where never been able to imagine.
This splendid world will introduce the enormous experience for the
person only who reads.

그 누구에게도 알려진 것이 없으며 상상조차 할 수 없었던 새로운 세계를
작가는 완벽하게 창조해내었다.
이 멋진 세계는 독자들만이 체험할 수 있는 놀라운 경험으로 인도할 것이다.

판타지는 허구다? 아니다. 판타지는 일상이다.
우리의 삶은 연속된 판타지의 연장선상에 놓여 있고,
상상은 우리의 일상을 더욱 살찌운다.
『카디날 랩소디(Rhapsody of Cardinal)』를 경험하는 독자들은
더욱 풍부한 일상 속에서 새로운 삶을 경험할 것이다.
멋진 만남! 흥미로운 경험! 이것이 『카디날 랩소디』가 가진 장점이며,
작가 송현우가 독자들에게 바라는 꿈이다.

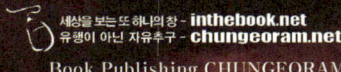

세상을 보는 또 하나의 창 · inthebook.net
유행이 아닌 자유추구 · chungeoram.net

Book Publishing CHUNGEORAM